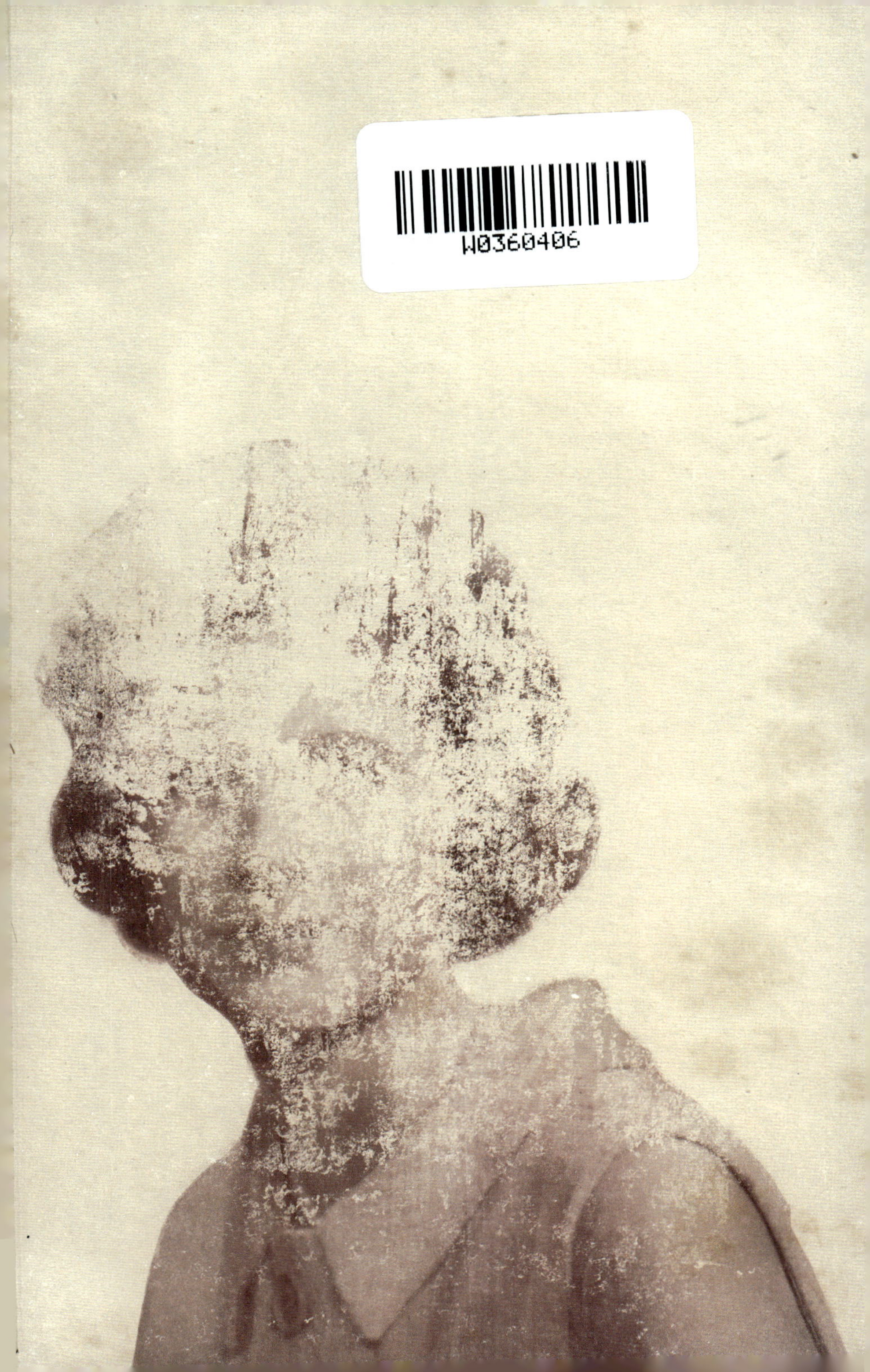

Éditions Chandeigne
10, rue Tournefort – 75005 Paris
Tél. : 00 33 (0)1 43 36 78 47
www.editionschandeigne.fr

partenaire de la Librairie Portugaise & Brésilienne
www.librairie-portugaise.com

ISBN : 978-2-36732-224-7

Dépôt légal : janvier 2022.

Valério Romão

Manquer à l'appel

TRADUIT DU PORTUGAIS
PAR JOÃO VIEGAS

Chandeigne

Bibliothèque Lusitane
dirigée par Anne Lima & Michel Chandeigne

Titre original : *Cair para dentro*

I'm afraid I caught poetry
Oh, really ? Well, don't worry. I used to suffer from short stories
Really, when ?
Oh, once upon a time.

Monty Python Flying Circus

Poetry is what happens when nothing else can

Charles Bukowski

À António de Castro et à son père

Avec les mains

Il a bien fallu quinze jours pour que maman accepte qu'il était parti. Après quoi, elle a sombré dans le canapé en skaï et elle a pleuré toute une journée, ne refaisant surface que pour poser son regard sur l'acné du mur, filigrane de sable et géographie de moisissure où je savais qu'elle le discernait, comme en une projection maison pour elle-même, toute contente de ces piètres interruptions de la réalité par les choses que les yeux mettent dans les choses que les yeux veulent voir.

Moi, je ne pouvais pas lui dire combien j'étais contente qu'il soit sorti de nos vies. D'abord, parce que je ne savais pas si c'était définitif ou si le butor, enhardi dans son repentir de pacotille,

plus jamais et je promets étaient ses autres noms d'emprunt

ne se pointerait pas de nouveau à la maison avec un sans-gêne désarmant, s'affalant devant le journal télévisé dans un abandon de morse et réclamant l'exactitude du dîner, l'argent que je suis seul à rapporter à la maison, tout ce fourbi éparpillé dans la chambre, sans compter la gamine de-quoi-je-me-mêle, tu n'as même pas su me donner un garçon, et moi je soutenais son regard jusqu'à lui faire perdre complètement l'équilibre entre se lever et me flanquer une correction, et je ne sortais de transe que quand il me collait une beigne

gros bull-dog anglais inondant le salon de bave visqueuse, *poltergeist* eunuque en chemise de flanelle

puis je partais dans ma chambre, je me mettais au lit et je jurais à sainte Thérèse de l'Enfant Jésus qu'un jour je le verrais mort ou, hyperbole d'enfant, pire encore.

Par ailleurs, il me paraissait sage, au minimum, de me retenir de sourire en présence de maman, de la soutenir dans cette veillée funèbre d'une durée indéterminée, vierge de fil-de-fer, toujours prête à la prendre par le bras, allons-nous en maman, j'ai déjà payé maman, le monsieur dit qu'il ne peut plus nous faire crédit à moins de liquider la dette, oui, il a dit liquider, je suppose que c'est la façon sympathique de dire payer, et nous déambulions dans le quartier toutes les deux, moi, je la remplaçais pour faire attention aux trottoirs, pour répondre aux quelques personnes qui nous interpellaient en demandant des nouvelles du disparu, pour compter l'argent en processus de raréfaction accélérée et, toutes deux, nous recommencions plusieurs fois le périple du pain ou de la farine, dont le point culminant était toujours, quel que fût le trajet, une visite à son garage, alors elle restait sur le trottoir de l'autre côté de la rue, occupée à m'expliquer comment frapper à la porte puis guetter le moindre signe de vie, appelle ton père, disait-elle, dans les moments où il ne passait personne, moi, aussitécœurée, je cognais au portail en zinc pendant que maman, triturant de ses mains son sac pratiquement vide, répétait crescendo, appelle ton père, moi, voulant dire tout sauf papa, je cognais plus fort sur la porte jusqu'à la faire retentir comme une grande toiture en zinc massacrée par la grêle, et la douleur, insuffisante pour maîtriser la portée des tourbillons qui m'assaillaient en dedans, réussissait au moins à les fixer, à domestiquer leurs trajectoires, seule la voix de maman parvenant à se superposer à la résonance de mes doigts contre cette plaque de zinc, en contre-cycle, et quand je m'apercevais du sang sur mes mains, semant des paumes de feu sur la porte verte, et des bras de ma mère me rattrapant en sanglots, il était trop tard, je ne savais plus dire que papa, ou plutôt, tous les mots devenaient soudain papa, et je soulignais chaque cri d'un coup de poing, et plus je criais, plus je frappais, et plus je criais, plus j'avais envie de le frapper.

Ils sont d'abord venus prendre la plupart des meubles, le buffet et le vaisselier en acajou, les tapis impeccables ornés d'une grosse couverture plastique, que je ne voyais d'habitude que sur les étendages ou dans les serres du jardin, ils sont arrivés pleins d'une rapace commisération,

je ne peux rien en donner de plus, chère madame

attrapant lestement un couple de billets dans la poche de leur chemise malodorante, chaque descente nous donnait de quoi subsister trois semaines, maximum et, flairant les soubresauts de la faim, ils revenaient sous prétexte d'attention humanitaire

je venais juste savoir si vous allez bien, Madame et la petite, et si vous avez réfléchi à mon offre au sujet du poste de télévision

ils revenaient périodiquement, se croisant parfois dans le hall de l'immeuble, monsieur Joaquim, monsieur Alfredo, le clin d'œil de qui sait à quoi s'en tenir, quand maman ouvrait la porte, il y en avait toujours un, cigarette au bec, étirant ses bretelles reptiliennes avec des manières de banquier, souriant d'autant plus ouvertement que maman lui semblait triste, maigre et échevelée, maman ne s'habillait plus qu'en noir depuis le départ de papa, veuve précoce sans droit au cadavre, tremblante de la voix et des mains, incapable de se fixer un chemin autre que dans les tréfonds, à chaque fois que nous étions dans l'eau jusqu'au cou, elle se remettait la nuit à faire des calculs, estimant nos vêtements, ou la penderie, ou le fait-tout acheté à crédit, ou mes souliers de bébé, presque neufs, puisqu'à la maison j'étais toujours pieds nus, alors, profitant des visites incessantes des vautours à notre porte je venais juste savoir si vous allez bien, Madame et la petite, et si vous avez réfléchi à mon offre au sujet du poste de télévision

seriez-vous intéressé par des vêtements de petite fille en très bon état

elle les invitait à entrer, leur montrant le chemin en les refrénant chaque fois qu'ils faisaient un pas en dehors du plastique, qui ne protégeait plus que les lattes du parquet et les punaises qui se multipliaient protégées par les fentes,

je vous achète les vêtements usés, je ne vois pas bien ce que je vais en faire, mais un homme de cœur fait ce qu'il peut

puis maman assistait à l'emballage des blouses, des jupes et des petits manteaux brodés, pendant que la cendre de cigarette pleuvait sur les affaires et par terre, ma mère étrangère à tout ce qui n'était pas le crépitement d'un billet orphelin se détachant des autres, comme un étouffement de bougie, les gros doigts de l'homme tendant le billet et ma mère regrettant la maigreur du butin

mais ça ne me permet pas de tenir plus de trois, quatre jours, Monsieur Afonso,

à quoi l'homme répondait en secouant la tête avec un grognement d'impatience,

moi, je fais ça pour vous arranger, chère madame, parce que les enfants ça grandit vite et personne n'achète autant de vêtements pour le même âge, donc soit vous acceptez, soit je vide le sac, car j'ai assez perdu de temps comme ça et maman tendait ses doigts en ciseaux pour attraper le billet comme s'il s'agissait de la seule feuille accessible d'un arbre capricieux qui gardait toutes les autres près du ciel, alors l'homme réapprenait à sourire, n'oubliant pas, en passant dans la salle, de regarder amoureusement le poste de télévision

on l'entend très bien

maman se contentait de dire oui de la tête, alors que l'homme caressait l'appareil comme on flatte affectueusement un chien

c'est une bonne marque

la pauvre ne savait pas comment se débarrasser de l'avidité du visiteur, figé sur le seuil de ce naufrage de plus en plus dévasté, la voix faisant des ricochets sur les murs nus, avait-elle déjà eu besoin de le faire réparer, l'avait-elle acheté neuf, avait-elle songé déjà à s'en défaire, mais ma mère faisait non de la tête, balayant la cendre et l'homme

ça va, quand vous changerez d'idée, dites-le moi, j'ai des amateurs pour ce type d'appareils

puis, il se dirigeait vers la sortie, son sac noir sur le dos comme un père noël à l'envers, sûr que la faim et ses fantassins sèmeraient la désolation partout jusqu'à ce qu'il ne reste plus que le poste de télévision et un sursaut d'orgueil tardif, et quand il arrivait à la porte par où il était entré

tu sais, chuchotait-il, je pourrais te sustenter en échange de quelques galipettes, d'ailleurs, tu dois être en manque maman lui fermait la porte au nez, sans fracas, dépouillant son geste de tout contenu hormonal, une simple politesse et un verrou, sans un bonsoir de provocation, et le gros, tout chiffonné, de l'autre côté, allumait une cigarette

tu finiras bien par y passer

maman, ébauchant la possibilité d'un sourire, venait s'asseoir sur le canapé, allumait le poste et m'envoyait chercher le pain.

Je me suis réveillée soudainement avec le bruit d'une pluie incessante, tâtonnant sur la table de chevet à la recherche d'un interrupteur qui ravive dans la chambre un jour synthétique, sans rien trouver, chancelant d'hésitation en faux pas jusqu'à la fenêtre, la paume de ma main cherchant mon cœur pluvieux, cardiographie de rien du tout, car en fait de pluie, il n'y a que le bruit, et à l'aveuglette je cherche par où sortir de la chambre,

copropriété de baleine que nous habitons comme des mineurs, creusant à l'aide de lourds instruments les organes creux qui reçoivent notre sommeil, notre faim et même notre merde, gruyère où nous nous croisons en silence, fourmis doublement aveugles à la fréquentation d'autrui

soutenue par la géométrie des couloirs, incapable d'allumer la lumière de crainte que, ce que je veux trouver, me trouve moi d'abord, le sifflement s'amplifiant à mesure que j'approche de la salle, je passe à côté de la montre où l'angle d'une lueur réfléchie me donne l'heure, trois, je ne parviens pas à lire les minutes sur la fenêtre de cette lueur capricieuse et j'avance avec une précaution croissante vers la salle, la pluie rugit de plus en plus fort, la porte semi-close déverse un éclat irrégulier

qui est là, craintivement, dans l'espoir de m'inoculer du courage par effet de rétroalimentation, j'ouvre la porte jusqu'à parvenir à me glisser dans la salle, Eugénia est assise par terre, appuyée aux jambes de quelqu'un sur le canapé, un homme, un homme cambré, mon père, mon père, et mon cœur se replie de la tanière qu'il avait trouvée dans ma gorge, mes doigts réapprennent où sont les interrupteurs,

qu'est-ce que tu fais là, papa,

il tourne la tête, vieille chouette souriante, la cordillère incertaine de ses dents découpe dans sa bouche l'ombre de multiples plateaux,

Eugénia, pourquoi es-tu éveillée, pourquoi grand-père est-il ici, dans la salle, avec toi, et le poste, pourquoi est-il allumé, réponds-moi, Eugénia, réponds-moi,

alors la petite, trébuchant sur les mots, grand-père est venu à la maison tout à l'heure, il lui avait ouvert la porte de la dépense, alors elle, réveillée par la lumière, elle l'avait vu comme ça, arbre tordu fleurissant en sourire,

j'ai eu peur, maman, il ne répondait pas, alors je l'ai pris par la main et nous sommes venus dans le salon, voir la neige tomber dans le poste, mais on ne voulait pas te réveiller, pardon,

pardon.

J'ai dit à Eugénia de tout enlever de la chambre, parce que nous allions bientôt recevoir des hôtes avec lesquels nous devrions partager l'appartement, je lui ai expliqué, autant qu'il m'a semblé lui devoir une explication, que cela allait nous procurer en échange une petite respiration financière, bien que nous obligeant à partager l'espace avec des étrangers, je lui ai montré un plan ébauché sur une feuille avec les pièces dessinées au crayon de couleur, les leurs et les nôtres,

nous ne sommes que deux et malgré tout, nous gardons la plus grande partie de l'appartement, tu vois,

puis je lui ai fait apprendre l'horaire pour la salle de bains et pour la cuisine, car je ne voulais pas la voir traîner avec ces gens dont je savais seulement qu'ils étaient propres et honnêtes,

du moins à ce qu'en disait dona Matilde de l'épicerie, elle-même loin d'être un modèle de propreté, je ne tenais pas du tout à expliquer à la gamine les questions d'argent,

alors je lui ai demandé si elle avait tout compris et si elle avait des questions importantes, juste afin de lui entendre prononcer la mièvrerie habituelle,

je pourrai dormir avec toi, maman ?

Je savais que le butor finirait par nous abandonner, un jour ou l'autre, il fallait le voir dans les cafés et à la maison pour mesurer l'abîme entre la manière dont il nous traitait et celle qu'il réservait à ses amis, diamétralement opposées. À l'extérieur, c'était l'homme généreux, prêt à partager sa chemise avec un nécessiteux, incapable de refuser un ballon de rouge à un ami dont le porte-monnaie ne faisait résonner que le silence, toujours disponible pour prêter son fusil ou une boîte de cartouches, où il passait, les gens le saluaient avec la déférence réservée à ceux qui s'enrichissent dans l'exercice d'une bonté infinie

cœur excellent que le boucher pend à son croc[1]

mais moi je connaissais sa turpitude cachée, la métamorphose en franchissant le seuil de la maison, les yeux ronds, caressants et soumis, donnant place aux fentes cyniques qui caractérisent les reptiles et les mammifères peu fiables,

les disputes à table, sa manière de repousser son assiette, ajoutant à la nappe quelques taches supplémentaires d'humiliation, on ne sert pas ça même à une bête, lançait-il à maman, silencieuse comme les enfants qui se trompent à tous les coups

je savais mesurer la colère augmentant géométriquement dans sa poitrine à la façon qu'il avait de s'agiter devant le poste, les ongles plongés dans le canapé, en une angoisse d'animal enfermé pour la contemplation de touristes, la maison et notre présence le crispant à en perdre le souffle je vais boire un café

et il s'échappait par la porte, tenant son veston avec le crochet de ses deux doigts, le fracas de la porte lors du départ faisant contraste avec, au retour, les tâtonnements hésitants de la clé ivre autour du nombril de la serrure, maman et moi finissions le repas en silence, je faisais la vaisselle me hissant sur la pointe des pieds sur un cageot à bières vide, maman allumait le poste pour griffonner une liste d'achats imaginaire copiée de la publicité : le savon le plus doux, le café du Brésil, une lotion capillaire capable de restaurer le cartésianisme d'une coiffure impeccable, d'autres produits que le rêve s'amusait à faire défiler devant le regard famélique du pauvre de demain.
Quand j'oubliais qui était l'homme qui habitait sous les écailles de papa, je me jetais contre lui, tout en câlins et en bisous, juste pour sentir son violent dégoût, m'écartant comme on secoue sa jambe pour se défaire d'un de ces chiens minuscules avec leurs contractions de rut, moi qui ne voulais de lui rien d'autre que l'obole d'une caresse occasionnelle, l'assurance de celui qui annonce d'emblée

sois le bienvenu au continent des fragiles
tu peux arrêter de nager[2].

Les grands-parents ont aussi des devoirs qu'ils ne doivent pas esquiver, ai-je dit à ma mère et à mon père, lors d'une de leurs rares visites depuis qu'Aniceto a quitté la maison, elle inventant sans cesse des excuses pour ne pas venir, une subite allergie à la colle du papier peint, ou bien une tendinite après un faux mouvement du dos, et moi sachant pertinemment qu'elle ne viendrait pas

mais il ne t'a pas dit pourquoi il partait

non, maman, il a disparu, il n'a pas vraiment laissé de lettre d'explication, des dettes, par contre

ne me parle pas d'argent, Virgínia, car ton père et moi, Dieu seul sait comment

parce qu'il a quitté récemment le domicile et parce que, plus récemment, j'ai loué deux chambres et l'usage de la salle de bains aux Silva

ces crève-la-faim du Nord, même le gamin boit du vin rouge gardé au frigo, juste ciel

des gens très humbles mais tout de même très provinciaux, dona Rosa ne savait même pas se servir d'une pince pour émonder ses sourcils de charbonnier, il fallait entendre les gémissements venant de la chambre, la peau de son front était en charpie,

laissez-moi vous aider dona Rosa, ce sera deux fois plus rapide

mais elle esquivait mes avances, moitié peur, moitié fierté, et ma mère, les rares fois où elle l'a vue,

doux jésus, qu'est-il arrivé à votre visage

ce n'est rien, maman, ce n'est rien, viens plutôt ici m'aider avec ces livres, trouve-m'en un de poésie

mais tu en lis maintenant, Virgínia, sais-tu que ce n'est pas de ton âge, ni de ta condition non, maman, c'est juste pour faire un peu de place de rangement, aide-moi à mettre ça au-dessus de l'armoire, veux-tu

le gamin, agité comme un chien qui ne trouve pas son maître, rouge de soleil et rouge de vin, courait du couloir à la cuisine puis de la cuisine au couloir, criant coucou à chaque fois qu'il pointait la tête, pour la plus grande joie reconnaissante de ces petites gens

rien ne le fatigue, déclarait dona Rosa toute fière

et moi qui avais une migraine à garder le lit, je devais encore revoir les devoirs d'école d'Eugénia, lui faire refaire même les exercices où elle avait juste, et ma mère, me prenant par le coude dans le couloir

mais il ne t'a pas dit pourquoi il partait

non, maman, il est parti, c'est tout

elle fronçait le visage, méfiante, me tirant encore un peu plus vers elle, larrons en foire égrenant leurs confidences

mais est-ce que lui et toi

je veux dire

sur le plan des rapports d'homme à femme

pour l'amour du ciel, maman, secouant inconsciemment son bras, la soupière laissait échapper une vomissure de potage, elle marchait sur mes pas

ce n'est pas pour ça, n'est-ce pas

de plus en plus courts, de plus en plus rapides, mon père somnolait sur son assiette, incapable de se maintenir lucide lorsque son corps était à l'arrêt

la soupe est servie, me dépêchais-je d'annoncer
alors mon père, s'éveillant de sa léthargie aux cycles courts, riait, les yeux posés au hasard sur un azulejo de la cuisine, papa qui, depuis quelques années, après son embolie, perdait ses facultés, sauf son rire et celles que les bêtes possèdent également,

ce n'est pas pour ça, n'est-ce pas
une brûlure inattendue me remontait dans l'œsophage, papa avalait sa soupe comme un péquenot, renversant la moitié sur la nappe, maman, debout, nettoyait les cuillers avec une serviette en tissu

mange plutôt avec ça, papa
tout d'un coup tout le monde regardait les couverts, maman me donnait des coups de coude, me montrant le miroir courbe de la cuiller où je voyais le reflet, entre la géographie des taches, de son œil réprobateur, c'est peut-être ça qui a été la goutte d'eau, j'imaginais ses pensées : l'argenterie sale, les cols de chemise mal repassés, presque à coup sûr une mésentente nocturne à l'horizontale

mange plutôt avec ça, papa
l'huile de la morue crépitant au four, la trotteuse de l'horloge de la cuisine aux spasmes de marteau-piqueur,

tu es sûre, Virgínia, ce n'est pas pour ça, n'est-ce pas
le gamin pris dans le tourbillon des coucous et des ruades sur le parquet, maman derrière moi autour de la table, faisant l'inspection de la propreté et de la disposition des couverts, de la blancheur des serviettes

en tissu, de la disposition géométrique des motifs de la vaisselle, son coude frappant mon bras à contretemps de l'horloge de la cuisine, la chaleur déteignant ma patience et mon discernement, je n'aspirais qu'à calmer mon mal-de-tête, à fermer les yeux en les faisant tous disparaître dans une éclipse volitive

ce n'est pas pour ça, n'est-ce pas

je la contenais comme je pouvais sans attirer l'attention des autres ploucs, en une diplomatie de coups de coude fragilisée par le bruit et par la chaleur, on répond de soi, on répond inévitablement de soi

ce n'est pas moi qu'il a quittée, c'est elle

c'est elle qu'il a quittée, tu comprends

c'est elle qu'il a quittée, moi

toutes les mains et tous les yeux posés sur la table, soudain le silence, même le gamin a suspendu son trot, le regard convergeant en alternance vers Eugénia et vers l'assiette devant chacun, pendant que je promène la soupière comme une domestique,

quelqu'un reprend du potage.

Jorge est arrivé au milieu du deuxième trimestre, venant avec ses parents d'un pays dont il se refusait à dire le nom quand on le questionnait, tout le monde se moquait de ses oreilles, disproportionnées à toute forme de tête, mais moi je les aimais bien parce qu'elles me rappelaient Dumbo, cet éléphant dont on attendait seulement un calvaire de désillusions et qui finalement volait, contraignant tous ceux qui s'étaient

moqués de lui à le regarder de bas en haut pendant qu'il se démultipliait en *loopings*, en boucles et autres voltiges, j'imaginais que je volais avec lui, juste en écartant les bras et en y croyant, et si nous ne vivions pas au rez-de-chaussée, j'aurais certainement essayé, car s'il y avait quelque chose dont je ne manquais pas, c'était bien d'y croire.
Jorge était gentil et, comme moi, incapable de participer aux nombreuses farces par lesquelles les enfants se découvraient dans les faiblesses des animaux,

les lézards dont ils arrachaient la queue pour les voir se tortiller dans la paume de leur main jusqu'à ce que s'épuise cette étonnante autonomie, les chats qu'ils sacrifiaient sur l'autel de l'expérimentation maison, les jetant du point le plus haut possible, sur le dos, pour les voir pivoter comme si l'atmosphère était un amas géométrique de points sensibles qu'eux seuls peuvent percevoir, les mouches, attachées à un cheveu que les filles, mi-curieuses mi-révulsées, arrachaient en échange de la promesse qu'on leur ficherait la paix
nous restions souvent dans le périmètre de la plaisanterie, fascinés comme ceux qui regardent un accident, sidérés par le regard compulsivement attiré vers ce qui lui est étranger, cherchant un sens à ce chahut de boy-scouts en furie, et dans les orbites que nous tracions autour des autres, il arrivait que nous nous retrouvions côte à côte, moi très raide comme ces soldats aux portes des casernes, quand je fermais les yeux

je parvenais à l'entendre respirer et je synchronisais ma respiration avec la sienne pour que nous soyons encore plus près l'un de l'autre.

J'ai vendu l'antenne de la télé, elle était pratiquement neuve et elle avait coûté presque autant que l'appareil. Je ne voulais pas donner à ceux qui viennent à la maison le plaisir de nous voir décliner au ralenti,

j'aime bien votre manière d'aérer l'appartement disaient les rares personnes que nous recevions encore, euphémisme désignant le vide qui découpait sur les murs le contour pâle des fantômes des choses, puis quand je les reconduisais à la porte, en passant dans la salle, Eugénia se tenait, un peu avachie, devant le poste à l'intérieur duquel il pleuvait.

Il y a des gens qui n'ont pas le sens des convenances et qui se montrent partout comme si c'était normal, mais ce n'est pas si simple, n'est-ce pas dona Argentina, à quoi l'autre répondait oui de ses lèvres fines, séchées par l'absence de dents, les gencives racornies sous la trappe du dentier, un oui lancé comme le venin que crachent les serpents d'outre-mer, et maman, les doigts posés sur son sac à main, gagnée par une rage qu'elle contenait péniblement, son œil gauche palpitant dans une arythmie de valve, s'efforçant de neutraliser l'arsenal de poignards qu'elle ferait pleuvoir sur les rangées de devant si d'aventure le regard devenait soudain l'instrument du toucher, des poignards, des épées et des lances capables d'éventrer un arbre, synesthésie convoquant la matérialisation de ce qu'on imagine quand on a le cœur inondé par les affluents de la haine,

ces gens très petits, murmurait maman sous un *mea culpa, mea maxima culpa* entonné en chœur, gargouilles tombées dans une coquille de satin en polyester, sorties de l'église dès que le curé a baissé les bras, et l'une d'elles, celle des convenances, s'adressant à maman tout enflée de morale

ne savez-vous pas que les personnes divorcées ne doivent pas fréquenter l'Église, et ma mère, l'œil gauche en cadence de guillotine ivre, je ne suis pas divorcée, dona Alice, ah oui, répliquait l'autre, et votre mari, où est-il, ça ne vous regarde pas, madame, et nous pressions le pas pour sortir du parvis, sa main tirant la mienne dans une hâte de qui promène son chien sans avoir le temps de le voir humecter tous les poteaux, on s'en va, Eugénia, on s'en va.

Quand l'horloge sonnera sept heures, Eugénia, tu pourras te lever, prendre la couverture qui est sur la chaise près de moi et te couvrir. Je sais que c'est l'hiver et que tu as froid, même si tu voulais me mentir, ton corps ne le permettrait pas ; je ne te défends pas de prendre la couverture dès maintenant, ce serait contre-productif et ça ne t'apprendrait rien. Je te propose autre chose. Si tu prends la couverture avant que sonnent 7 heures, tu ne pourras la garder que jusqu'à ce que tu t'endormes, pas plus. Tu dormiras avec le drap seul pour te couvrir. En revanche, si tu résistes à la tentation, qui est le propre des vulgaires, d'échanger un bien supérieur mais éloigné, contre un bien inférieur mais immédiat, Eugénia, alors tu pourras prendre la couverture après dîner et t'en couvrir cette nuit.

Au début, ça a été très dur de dormir dans la dépense. À cause de l'odeur de terre et d'oignon et à cause de la peur que le sol ne s'ouvre quand maman tirerait sur le cordon de la lampe, transformant soudain le cagibi en un siphon pour écouler la honte,

en fait, nous n'avons jamais voulu avoir une fille, disait-elle chaque fois qu'on admirait mon sourire

j'imaginais l'effondrement des étagères, l'impitoyable pluie de flacons et maman, le matin, expliquant aux Silva la disparition des vivres

tout était là hier soir, avant de fermer la porte, Dieu m'est témoin que je dis la vérité

et moi déjà loin, naufragée d'autres eaux, accueillie un jour par une tribu d'Indiens, comme j'en avais vu dans un film du dimanche après-midi, sauvages en tout sauf dans le soin des enfants, je grandissais à l'ombre généreuse d'une tente hexagonale, enseignant l'arithmétique en échange de leçons de tir à l'arc, peignant d'ocre mon visage ridé de femme léchée par le soleil, mais la peur ne me visitait jamais sauf pour ses propres lubies, et dès que la lumière disparaissait du ciel de la maison sans jamais révéler un filigrane d'étoiles grâce auquel je pourrais fixer, hors de moi, les serrements de mon cœur, je m'enroulais sous les couvertures, comme les bêtes quand elles ont froid ou quand elles dorment dehors, et je priais plusieurs Notre Père à la suite, espérant que le Seigneur, dans sa proverbiale omnipotence, veillait aussi sur les enfants des recoins sombres.

Avec le temps je me suis entourée d'amis. Monsieur Alfredo, une pomme de terre sur laquelle je dessinais une moustache très fournie avec un stylo-plume en ayant grand soin de ne pas lui entailler la peau en la précipitant vers la pourriture, car nous ne vivions pas dans une abondance telle que monsieur Alfredo et sa famille puissent être remplacés sans que maman ou les Silva s'en aperçoivent et qu'ils fouillent la dépense, on ne pouvait pas jouer avec eux tant qu'ils n'exhalaient pas cette odeur qui accompagne la mort et ses fantassins, de sorte que chaque moustache, chaque chevelure

dona Chica qui vivait dans la terreur des chats chapeau et jupe plissée

deux sœurs très copines sauf lorsque la nourriture était sur la table

était exécutée avec toutes la minutie et la précision possibles quand on travaille à la lumière de la bougie. Les quelques fois où j'ai dû refaire toute la famille

soit parce qu'il y avait une visite inattendue lors d'un repas du dimanche et qu'on voulait avoir assez de pommes de terre pour qu'on n'ait ni faim ni honte,

quand je m'apercevais que maman ou que dona Rosa cherchaient le reste des pommes de terre, suivant leur inventaire mental, je me dépêchais d'aller au lavoir nettoyer les habits et les traits de monsieur Alfredo et de sa petite famille, et quand maman, par acquit de conscience, revenait à la recherche des pommes de terre dans la dépense, je me sentais comme investie du pouvoir magique embryonnaire et grossier par lequel, au cirque, on fait naître des colombes dans des boîtes absolument vides

soit parce qu'une des filles était atteinte d'une des nombreuses maladies frappant les enfants qui ne voient pas la lumière du soleil, une tache verdâtre inoffensive sur le bas-ventre faisant naître, quelques jours plus tard, une acné putride et contagieuse qui finissait inévitablement par décimer toute la famille,
je m'asseyais sur le sol de la dépense puis, à la lumière de deux bougies, je calligraphiais les figures redonnant la vie possible aux patates amorphes, démiurge à deux balles, et quand j'avais fini, très heureuse de ne pas dormir toute seule, je reposais ma tête, endolorie de tant d'accouchements, et des étoiles inaugurales pleuvaient dans mes yeux.

La maîtresse m'a convoquée à un entretien à l'école, s'écartant ainsi de la communication par le carnet de correspondance d'Eugénia, parfaitement adaptée, de mon point de vue, aux rares échanges de diplomatie scolaire requis par l'éducation d'une enfant d'un peu plus de huit ans, de sorte que j'ai aussitôt élaboré les pires scénarios possibles, bien qu'Eugénia atteignît de façon très satisfaisante les objectifs proposés et, m'habillant comme l'exigeait formellement l'occasion, je me suis rendue à l'école.

Le cabinet de la maîtresse, saupoudré ici et là des indispensables gros bouquins imposant le respect au vulgaire, permettait à peine de contenir deux chaises et un grand bureau sur lequel fleurissaient deux cadres en bronze où gisaient, inertes, des chiens et des vieux, témoins silencieux de l'inaboutissement de l'exercice de la maternité, auquel la maîtresse se soustrayait, sauf pour les contacts de nature professionnelle avec les enfants d'autrui et pour la tendresse qu'elle éprouvait envers les bêtes incapables de langage traduisible.

Le bureau était si large et le cabinet si étroit que la maîtresse, d'une épaisseur réduite sauf pour la coiffure à étages, était obligée de le contourner sur la pointe des pieds, mêlant les pardonnez-moi aux petits gémissements, avant d'offrir, dès qu'elle parvenait à s'asseoir sur sa chaise, son sourire généreux et inattendu puis, croisant ses doigts trapus les uns sur les autres, elle commençait

voilà le problème, dona Virgínia, votre fille, permettez-moi d'aller droit au fait, j'ai une douzaine d'entretiens cet après-midi et il n'est pas dans mon caractère de faire des chichis, votre fille, disais-je, est une enfant très intelligente pour son âge, et même pour tout âge, si j'ose dire, mais elle a une imagination quelque peu excessive

excessive

oui, elle se laisse entraîner par tout ce qui peut arriver dans la classe ou même à la fenêtre, par exemple l'autre jour c'était un pigeon

un pigeon ?

oui, un pigeon qui s'est posé sur le rebord de la fenêtre, quand je m'en suis aperçu elle n'avait rien écrit de ce que j'avais dicté et elle avait couvert deux feuilles de dessins de pigeons et de phrases sur le volatile

de phrases

oui, des phrases décousues qui ressemblaient à de la poésie

de la poésie ?

oui, de la poésie

mais c'était des vers ?

non, ce n'était pas des vers

alors comment est-ce que ça pouvait être de la poésie ?

il y avait des images, vous voyez

des images ?

oui, des métaphores, des réalités qui en évoquent d'autres

juste ciel

tout à fait

puis après un bref silence durant lequel nous nous redressions toutes deux sur nos chaises, la maîtresse poursuivait

vous avez des livres à la maison ?

très peu, madame

et de poésie, vous en avez ?

non, je suis sûre que non

parfait, vous avez la télévision ?

nous l'avons, mais pas en ce moment, c'est-à-dire, elle est en panne

c'est bien dommage, mais voici ce que nous allons faire et, penchant son torse sur le bureau comme si elle allait me révéler un secret, jusqu'à ce que vous ayez fait réparer le poste, continuait-elle, nous allons nous concentrer sur l'histoire, sur la géographie et sur les mathématiques, qui sont des matières très pratiques et très saines pour la formation des enfants, et nous allons mettre la pédale douce sur le portugais, ne serait-ce que parce qu'Eugénia n'a pas besoin de soutien particulier sur ce point, n'est-ce pas

bien entendu, bien entendu

insistez bien pour qu'elle refasse deux fois les exercices dans ces matières et si vous avez des journaux à la maison, même anciens, rangez-les quelque part où elle ne puisse accéder

je n'avais jamais pensé à ça

ce n'est pas grave, mais dans cette phase on n'est jamais trop prudent

vous avez bien raison

faites réparer le poste dès que vous pourrez, et n'oubliez pas de fouiller sa chambre, je suis certaine que vous allez y trouver un livre de poésie

j'espère que non, madame, mais je n'y manquerai pas, je n'y manquerai pas.

Le premier Noël que nous avons passé seules

les Silva étaient partis au pays, comme ils disaient, et les grands-parents, eux, s'étaient excusés en invoquant une crise d'asthme de grand-père les obligeant à aller chercher à Armação de Pêra* un climat plus adapté aux insuffisances respiratoires

maman avait envoyé un homme chercher un moignon de sapin rabougri en échange de quelques kopecks et nous avions fait une crèche avec des santons en plâtre qui transitaient d'un Noël à l'autre avec une mousse généreuse cueillie sur le mur qui ne voyait jamais le soleil, il manquait Joseph et Marie, au grand dam de maman, persuadée que le gamin des Silva avait dû fouiller dans les tiroirs des rares décorations pour les rares fêtes,

ce n'est pas toi, Eugénia, n'est-ce pas, ne mens pas

je me contentais de dire non de la tête, incapable de calmer sa rage fureteuse, maman fouillait partout, jusque dans les commodes de ma chambre, où les Silva étaient désormais installés tous les trois, creusant le matelas au milieu du lit

* Petite ville balnéaire de l'Algarve

quelle saleté, comment vivent ces gens, mon dieu, rouspétait maman, le visage alourdi d'un bas-relief d'accablement universel sculpté par le désespoir
c'est comme ça que j'ai compris pour la première fois ce qu'étaient la gravitation et l'attraction entre les corps, et à quel point il était censé d'imaginer le ciel non comme un endroit où les choses dansent en couples multiples mais comme un endroit où les choses tombent éternellement les unes autour des autres, et peut-être ai-je compris aussi instinctivement le sens de la tragédie dont je n'ai eu connaissance que bien plus tard, dans les cours de philosophie antique, ou alors j'ai appréhendé le concept en voyant maman, fourbue et assise sur le canapé, en pleurs, prise par ce désespoir qui, tel une loupe, magnifie tout jusqu'à l'insupportable, alors moi, démunie du savoir par lequel les mots régénèrent les gens, je l'ai prise par la main, en un exercice de courage inédit, puis je l'ai emmenée jusqu'à la crèche, où j'avais placé monsieur Alfredo à la place de Joseph et dona Chica à la place de Marie, et maman, interrompant un instant son chagrin, m'embrassa et pleura, mais cette fois-ci à l'envers.
En décidant de la quitter, il m'a quittée moi aussi et, durant les premières semaines, tout en souffrant naturellement à cause du vide qui s'était emparé de la maison, dans l'incompréhension de qui ne perçoit du peu qu'il sait que la moitié qui l'intéresse, mon attention s'est tournée vers Eugénia, car il fallait la voir déambuler dans les chambres comme un épagneul en

battue, se tapissant dans notre lit dès qu'elle pouvait ou bien prenant sa place à table, comme si elle voulait réparer la discontinuité de la vie en s'exposant aux choses, et moi je l'avertissais chaque fois que je la voyais péricliter dans les larmes

Tu sais, Eugénia, les gens ne reviennent pas juste parce qu'on les pleure

mais elle, incapable de postuler un horizon autre que celui de sa propre souffrance, finissait par sortir de la maison en cachette, appelant son père à grands cris dans la rue, entrant dans les cafés et demandant aux gens après lui, me faisant honte absolument partout, moi qui la prenais fermement par la main pour qu'elle ne coure pas après le premier homme vêtu d'un pardessus semblable à celui de son père, chez l'épicier elle se mettait en arrêt devant les sachets de café ne se décidant à sortir que lorsque je me résignais à en prendre encore un, grossissant ainsi l'ardoise qu'il avait négligé de nettoyer depuis plus de deux mois, je le lui rappelais sans cesse mais il ajournait toujours au lendemain, et quand il nous arrivait de passer près de son garage, par distraction ou par la force de l'habitude, elle lâchait tout et courait jusqu'au portail, pour le trouver invariablement fermé, alors, déclinant son désespoir en furie, elle cognait fort sur la porte jusqu'à la faire retentir comme une grande toiture en zinc massacrée par la grêle, et la douleur, insuffisante pour qu'elle s'aperçoive de la colère qui montait en elle en volutes de plante grimpante, réussissait au moins à canaliser ses gestes, seule ma voix parvenait à se superposer à la résonance de ses poings contre cette plaque de zinc, en contre-cycle, et quand je m'apercevais du sang sur ses mains et je la rattrapais, il était trop tard, la porte verte était semée de paumes de feu, je l'engloutissais dans mes bras, prise de sanglots, ne sachant plus rien dire en dehors de papa ou bien prononçant soudain tous les mots papa, soulignant chaque cri d'un coup de poing et plus elle criait, plus elle frappait, et plus elle criait, plus j'avais envie de la frapper.

Eugénia, si ton père te voyait maintenant ?

Sans les mains

C'est une constante dans l'analyse phénoménologique, le refus, par la qualification ontique, des événements ou des structures qu'elle décrit, et cela pour un motif absolument radical : la qualification de quelque chose comme substance implique déjà un réseau considérable de déterminations restant en-deçà de l'analyse, ce qui empêche que le problème puisse apparaître comme problème, occultant de façon particulièrement efficace la nature inquiétante qui nous constitue originellement, et rassure le sujet dans son contact avec le monde : le problème, s'il y en a un, se trouve dans l'exposition adéquate de la manière dont les choses entrent en nous sans, apparemment, qu'elles sortent d'elles-mêmes, ou que nous les détenions d'une façon adéquate.

Celui qui ne se heurte pas à cette perplexité comme à un mur inattendu qui requiert, urgemment, une solution, une déroute, une défaite à mains nues, pour que la vie puisse se poursuivre sur une piste écourtant progressivement la distance entre elle et la vérité, celui-là n'a rien à faire dans mon cours, c'est un dilettante. Il perd son temps et, pire encore, il perd le mien.

Il fallait les voir entrer en petits troupeaux tapageurs, se tripotant les cheveux, fléchissant le cou comme s'ils avaient besoin d'un arrêt maladie, très absorbés par le flirt auxquels ils avaient rêvé durant les nuits blanches précédant leur admission à la faculté, horde repoussante d'hédonistes aspirant à la justification par l'esthétique et, comme si le nuage de phéromone et de risettes empestant la salle ne suffisait pas, m'obligeant plus d'une fois à sortir, au prétexte d'un verre d'eau, pour respirer les tuyaux d'échappement de la rue encombrée, ils arrivaient tout encrassés par ce Kant de pissotière qu'on sert dans les mangeoires des lycées, parlant de la chose en-soi comme si c'était une lointaine cousine qu'on ne connaît qu'en photo, vomissant des surhommes germaniques à la moustache fournie affublés d'une cicatrice en croix gammée sur le front, à moi de purger cet égout d'équivoques où surnagent des cerveaux désemparés et sous-alimentés, de leur expliquer jour après jour le concept d'espace dans la critique de la raison pure, de leur conseiller des séminaires d'allemand et de grec, avec comme seul résultat de lire sur leurs visages l'arrogance de ceux qui ont commencé à penser en fréquentant l'*happy hour* de la brasserie Portugália, sans parler des gauchiasses des associations étudiantes, qui promeuvent le tofu avec un enthousiasme d'évangélistes, faisant irruption dans ma salle pour me demander quinze minutes pour informer les élèves sur le bizutage, cette idiotie propre à ceux qui se sont taillé le cerveau de trop près, et moi

comment

comment

alors la Pakistanaise néandertaloïde flanquée de sa suite de loqueteux s'avance sur l'estrade, pendant que je chancelle à cause de l'odeur et du renvoi qui me monte à la bouche, cette tête d'hydre où poussent des serpents de merde me tire par l'avant-bras, et moi de plus en plus écœurée,

comment

toute la classe participe à la farce, je suis escortée vers la porte pour assister, contrariée, à la harangue de cet ectoplasme à l'œil vitreux, dépourvu du moindre sens, un tissu d'âneries sans grammaire ni syntaxe, huit ans de facultés dans le lard pour éructer des inepties éhontées, avec une audace d'affirmer, comme dirait Eça*, elle ne sait pas plus de quoi elle parle qu'ils n'y comprennent quoi que ce soit, un feu d'artifice de contresens crépitant dans la salle, dans ma salle, et moi, me dégageant de l'étreinte des deux clowns, je me tourne vers elle

madame, votre registre est incompréhensible : boules blanches, tableaux blancs, pure poésie, madame, de la pire espèce

* José Maria Eça de Queirós (1845-1900), l'un des plus grands écrivains portugais, maître de l'ironie et du regard désabusé sur ses congénères.

comment

pure poésie, madame, voulez-vous descendre de là

comment ?

Nous nous donnions rendez-vous à cinq heures de l'après-midi, je l'appelais d'une cabine téléphonique, sur le chemin de la maison, puis je lui lisais, un peu craintive, ma traduction de Sénèque faite la veille, lui, patient et minutieux, soulignait une faute d'accord ou une fonction spéciale du génitif latin, juste pour augmenter mon désespoir de me trouver perdue dans cette jungle géométrique, commençant inévitablement par *rosa rosae*, puis me perdant progressivement dans les méandres, moi qui traduisais le grec avec une facilité déconcertante, même aux yeux de qui l'avait étudié toute sa vie, moi qui avais appris l'allemand pendant que je m'efforçais, en cours de philosophie moderne, de dépasser cet Hegel amblyope à trois temps qui ne servait qu'à nourrir les discussions de café pour lesquelles l'exigence était dispensable, je butais sur le latin, c'est plus facile que le grec, Eugénia, répétait le maître, laissez-vous porter, entrez dans le texte, ne réfléchissez pas autant, mais moi, retournant au bonnet d'âne de l'école élémentaire, enfant au savoir incertain, peu chanceuse au loto des questions, je n'y arrive pas, monsieur le professeur, je n'y arriverai jamais, puis je fondais en larmes devant les passants, qui devaient se dire que c'était une peine de cœur, pauvre gamine qui voit le monde s'effondrer, elle est jeune, j'imaginais leurs pensées, elle en trouvera vite un autre, et moi, pauvre poisson le cœur en désarroi dans cet aquarium en réseau, je commençais à me calmer, à respirer, à renaître à la honte à mesure que je reprenais le contrôle de ma crise de panique, en face de moi, le maître me désignait un passage, me recommandait d'être attentive aux détails et d'avoir du flair pour le sens, puis il me disait au revoir, je vais m'occuper de ma mère, concluait-il, occupez-vous de la vôtre vous aussi.

D'où viens-tu, Eugénia, ça fait 23 minutes que je t'attends, tu n'as pas cours de grec aujourd'hui, que je sache, n'est-ce pas, je la voyais se contorsionner, se mordre le coin de la lèvre inférieure droite, gymnastique de poker pour bizuths imberbes, sa voix s'échappait soudain, très lointaine : j'étais à la librairie, maman, aujourd'hui il n'y a pas cours, ni grec, ni allemand, ni latin, mais je réponds sèchement, coupant les ailes aux assauts d'ironie qu'elle se permet parfois, oubliant quelle est sa place à la maison, apportant à la conversation quelques bribes d'évidence pour se montrer rebelle, adulte, estimant peut-être que le respect ou la place de qui pose les questions se conquièrent dans ces petites tragédies mises en scène : je sais bien que tu n'as rien de tout ça, d'où ma question, à laquelle j'attends que tu répondes aujourd'hui encore, si tu veux bien me faire plaisir, je la sens qui chancelle, qui faiblit, je vois ses orteils remuer dans ses souliers, secoués par la honte qui lui descend en cascade tout le long du corps : que faisais-tu à la librairie, Eugénia, à quoi elle répond quelques banalités sur des livres, des traductions de Kierkegaard, je ne sais plus trop quoi sur des œuvres complètes dont je sais qu'elle possède déjà des traductions en deux langues différentes, en plus de l'original : à la librairie, dans quel rayon étais-tu, Eugénia, ne mens pas, nous n'avons pas beaucoup de règles à la maison, du moins pas assez, à mon avis, pour éviter que tu te sentes corsetée, mais je ne te permets pas de me mentir, je vais donc répéter ma question, philo, répond-elle, philo, maman, tu sais que je ne fréquente aucun rayon en dehors de la philo, je ne connais et ne m'intéresse à rien d'autre, tu le sais bien, je dois écourter son dithyrambe : pourtant tu devrais, Eugénia, pour éviter de te tourmenter chaque fois que tu jettes un coup d'œil distrait sur les tranches, je suis sûre que tu vois de quoi je parle, elle regarde par terre, comme ces chiens qui compensent en culpabilité ce qui leur manque en intelligence : qu'as-tu à dire pour ta défense, Eugénia, et elle, sans lâcher le lest de ses pupilles, peut-être que si j'avais un portable, maman, comme ça je pourrais t'appeler en cas de besoin, juste pour que tu ne t'inquiètes pas, il y en a qui sont très bon marché, je te l'ai déjà dit, un portable, Eugénia, tu te souviens de ce qui est arrivé la dernière fois que tu m'as convaincue de te laisser acheter un de ces engins, n'est-ce pas, son mètre soixante-dix de jeune femme se recroqueville sous mes yeux, je me souviens, maman, je me souviens.

C'est lui avec une prostituée brésilienne, une photo vieille de six ans environ, on n'aurait même pas besoin de l'envoyer à la presse, dona Virgínia, on demande à l'informaticien d'en faire un *scan*, puis on l'envoie par *e-mail*, anonyme évidemment, sa campagne s'arrêtera net, ils choisiront eux-mêmes un autre candidat, certainement plus compatible avec le profil habituel, très probablement plus modéré dans ses promesses de lendemains qui chantent, quelqu'un avec qui on puisse parler et débattre, contrairement à ce jeune blanc-bec, à qui il ne manque plus que de promettre une Audi à tous ceux qui voteront pour lui, de surcroît un type qui ne connaît rien à la politique, recruté seulement parce qu'il est né ici et parce qu'il a joué au foot dans un club de troisième division, voilà ce qu'on récolte quand, plein de bonnes intentions, on fait construire une bibliothèque éduquons le peuple, sans information nous ne sommes rien,

ne dites pas ça, Miguel, évitez cette phrase, du moins devant moi,

qu'est-ce que j'ai dit de mal, dona Virgínia,

rien, rien, Miguel, mais je n'aime pas cette phrase, elle me rappelle de mauvais souvenirs, je m'excuse, il n'y a pas de mal, il n'y a pas de mal, continuez, Miguel,

où en étais-je,

à la bibliothèque, Miguel,

c'est ça, on fait construire une bibliothèque, on la remplit de livres, de films, d'objets d'une grande valeur culturelle et qu'est-ce que les gens viennent lire,

je le coupe, les journaux sportifs,

absolument, dona Virgínia, les journaux sportifs, *Record*, *A Bola* et ce journal de Porto, vous savez bien,

O Jogo,

C'est ça, dona Virgínia, *O Jogo*, alors qu'il y a tant de bons livres à lire, tous ceux que nous avons achetés pour l'inauguration sont là-bas, en train de prendre la poussière, on dirait que les gens ont peur d'attraper des maladies s'ils y touchent, vous vous rendez compte,

les gens sont libres de lire ce qu'ils veulent, Miguel, ne tombons pas dans l'erreur typique de la gauche, de penser qu'il y a une conspiration pour abrutir le peuple et que nous avons pour mission d'alimenter son âme avec ce dont il n'est même pas conscient d'avoir besoin, parce que cela revient à suspendre la liberté individuelle en imposant un choix fait par autrui, même avec les meilleures intentions, Miguel, on ne va pas revenir à chaque fois sur ce débat, *ok*,

bien sûr, dona Virgínia, je me bornais à pointer un aspect de la vie sociale qui ne me plaît pas, c'est tout,

soit, Miguel, mais revenons à notre sujet, comment est-ce que ce garçon s'est laissé prendre en pareille posture, alors qu'il n'appartient même pas aux jeunesses, ce genre de choses se produit habituellement en marge des congrès, voyez-vous, les plus âgés entraînent les plus jeunes à boire, sous prétexte d'intégration, puis ça se termine toujours dans un bordel, où le seul qui est resté sobre va de chambre en chambre prendre ce type de photos, pour le cas où les garçons auraient un jour, lorsqu'ils seront au pouvoir, des velléités de penser ou de décider contre les ordres de l'appareil, au fond c'est une assurance, mais je ne vous apprends rien, n'est-ce pas, Miguel,

en effet, dona Virgínia, mais le plus intéressant dans cette affaire, c'est que vous avez tapé dans le mille lorsque vous avez dit qu'il ne pouvait s'agir d'une photo de congrès, compte tenu de son historique et de son recrutement récent, le plus intéressant c'est qu'apparemment, si j'ai bien compris, les clubs de foot fonctionnent exactement pareil, en d'autres termes, pour maintenir la discipline interne, ils envoient les gars dîner et voir les filles, quand ils veulent fêter un événement, puis ils prennent des photos et si l'un d'eux se met à avoir des exigences ou à perturber le vestiaire, ils l'appellent, lui mettent la photo sous les yeux et ils lui demandent s'il aimerait que sa femme voie ça, ou ses enfants, ou ses parents, ou un journal quelconque, et tout s'arrête là, vous voyez, exactement comme en politique,

pas n'importe quelle politique

d'accord, dona Virgínia,

celle que vous avez décrite, seulement celle-là, Miguel, montrez donc voir cette photo,

dona Virgínia, je ne crois pas que ce soit convenable, allons donc, Miguel, je suis certaine d'avoir vu bien pire, dona Virgínia,

la photo, Miguel, montrez-moi la photo, vous ne prétendez tout de même pas que je tranche sans prendre connaissance de l'affaire, n'est-ce pas, ses mains tremblantes fouillent la poche intérieure de sa veste, il en retire une enveloppe, puis de l'enveloppe une photo Polaroid, les yeux rouges du *flash*, les détails se perdant dans les tons pastel omniprésents, une femme, grande, robuste, un homme, tous deux nus, appuyés au mur, *ay, caramba.*

En classe, nous avions l'habitude de nous passer des bouts de papier par-dessous la table, sur la partie visible, on écrivait le nom du destinataire, à l'intérieur, suivant l'audace, des vers, une question, une déclaration d'amour, car l'amour était fertile et facile, jaillissant jusque dans l'aridité du contact limité, les filles d'un côté, les garçons de l'autre, séparés les uns des autres par un mur, mais l'amour, lui, n'avait besoin que de l'indulgence curieuse d'un regard et du feu follet d'un sourire pour croître vers le rempart où nous étions contraints de recueillir un cœur qui bat, moineau affamé tombant à l'infini, comme dans les rêves, et soudain tout était léger, supportable, doux, de la monotonie d'un horizon aux tons quotidiens nous rachetions un avenir subitement estival, archipel de promesses vers où nous ramions, pressés, et c'était dans l'éloignement que nous ancrions la vie, car le présent, insupportable, était une dame à la fenêtre

qui distribuait des monosyllabes au passage de gens vêtus pour la mort.
Bien plus tard, alors que j'étais déjà à la faculté, je me souviens d'avoir souvent pensé à cette vieille à sa fenêtre, métaphore incomplète de quelque chose de plus vaste et de plus terrible, une nuit, je me suis réveillée avec des vers que j'ai aussitôt écrits sur une nappe en papier, que je me suis empressée de cacher sous l'oreiller afin que maman ne soupçonne pas qu'il puisse encore y avoir de la poésie en moi, c'étaient les suivants :

définition d'humain
un pont de viande tendu
entre deux promontoires
le précipice en bas et le néant en haut[3],

si, au début, je ne comprenais pas le rapport entre ce poème, mon enfance et la vie en général, en me rappelant l'école, le rituel des petits papiers, et la seule réponse que j'ai reçue de Jorge, la fois où il m'a appelée pendant la récréation, j'étais terrifiée, devant tous ceux qui voulaient l'entendre, il a dit que j'avais les jambes tordues et des yeux de cinglée, j'ai vu soudain cette constellation d'hommes et de femmes vaincus, porteurs de fragilités diverses, brillant dans l'ivoire des canines de ceux qui aboient sur leur passage, et moi, déjantée, fêlée, j'ai fait pipi, j'ai fait pipi devant tout le monde, et j'ai pleuré.

J'ai su qu'il était allé à Setúbal, qu'il avait arrêté de boire avec l'aide d'une de ces églises brésiliennes pour qui la bonté divine est transformée en impôt sur le revenu prélevé tous les mois, j'ai su aussi qu'il s'était remis avec une femme presque de son âge, qui lui avait donné deux enfants mâles, comme il avait toujours voulu, que l'un d'eux, tout petit, était déjà capable de démonter puis de remonter tout ce qui avait des vis, à la grand joie de son père et au désespoir de sa mère, incapable de comprendre ou de célébrer cette alchimie de tournevis qui rendait les choses inutilisables, les transformant en ressorts et chevilles diverses, savane de tôle verte où fleurissaient des arbres têtus aux jambes en fer-blanc.

Il a ouvert un garage, comme ici, et, grâce à l'effet multiplicateur de son jésus en leasing, il s'est constitué une solide clientèle, aussi fidèle à la croix de sa boutique sur la Luísa Todi*, convertie en assemblée de dieu autant que des affaires de chaque membre de la congrégation, il a pu ainsi, à ce qu'on raconte, réaliser finalement son rêve de placarder chez lui, sur chaque mur, une télévision débitant les informations en continu,

car sans information, nous ne sommes rien, je l'entends encore sortir sa grande phrase, sorte de Notre Père à deux balles qu'il plaçait dans toutes les conversations, convaincu, comme tant d'autres, que les événements ont une importance proportionnelle à la distance qui nous en sépare, passionné par cette distance et par les grandes causes, qu'il s'agisse de la faim en Afrique ou de la politique agraire des pays de l'est,

* Avenue principale de Setúbal.

le tout bien assaisonné à la sauce indigène, bien sûr, parce qu'à l'époque on apprenait les nouvelles par la radio, à condition de savoir un peu le français, les journaux télévisés n'étant qu'une version soigneusement mâchée et recrachée de la réalité, cette chose dont on entendait tant parler, et d'une façon si voilée, qu'elle se substituait au mythe, et celui-ci, formaté lui aussi au fur et à mesure que nous devions l'imaginer, était une profession de foi rachetant l'héritage du passé glorieux qui avait mené la nation plus loin, alors qu'à l'époque aller plus loin signifiait émigrer, pour la seule gloire de rester vivants, et nous nous rangions ainsi à heures fixes, contemplant l'horizon de ce qui a déjà été, dans l'attente d'une gloire rétroactive qui réveillerait le chakra par lequel nous pourrions retrouver nos dents perdues et la couleur de nos pupilles

au dîner, elle faisait office de prêtre et de ministre de l'information, mâchant et recrachant cette version de la réalité, domino de vautours vomissant en cascade les restes d'une digestion programmée, pendant que lui, faisant cesser la cacophonie des couverts, explique à sa nouvelle famille l'importance des événements lointains, car sans information nous ne sommes rien, je l'entends encore sortir sa grande phrase, élégie du plus petit des derniers hommes au menu misérable des morceaux choisis.

Je m'habille en vitesse, je secoue mon pantalon, j'essuie le livre puis je le mets dans mon sac, j'arrange comme je peux mon chemisier et mes cheveux, pas de miroir dans les toilettes et je n'ai pas envie de me servir de celui de l'espace commun, je me dirige rapidement vers la sortie, en regardant par terre, mademoiselle, mademoiselle, vous avez oublié de boire votre café, je l'entends, j'essaie de l'ignorer, je fais la distraite, les cheveux tombant sur mon visage, mademoiselle, il insiste, m'accompagne de l'autre côté du comptoir, je me vois contrainte de lui répondre, de me tourner vers lui, c'est combien, je lui demande, soudain il se tait, c'est combien, j'insiste, ce n'est qu'à ce moment que je vois mon visage dans la glace, le sang étalé autour de ma bouche, clown *ready-made*, ce n'est rien, mademoiselle, bégaie l'employé, ce n'est rien.

J'ai collé des affiches sur toutes les portes du quartier, j'ai demandé à la nouvelle boulangère de distribuer un petit dépliant racontant ce qui s'est passé et donnant mes coordonnées, bonne récompense, j'ai souligné en gras, consciente qu'il y a des choses qui doivent répondre à certains intérêts matériels pour se transformer en patrimoine de la mémoire et de l'attention, j'ai aussi placardé sur une quantité appréciable de poteaux électriques une photo de Maria sur une feuille A4 terminée en bandelettes de papier avec mon nom et mon numéro de portable, j'ai posé une semaine de congé maladie à la faculté, en vertu d'une disposition bureaucratique suffisamment vague sur la notion d'assistance pour apaiser ma conscience, je suis restée assise des heures durant avec mon portable sur mes genoux en guise de chat de substitution, je me surprenais à imaginer que je recevais un appel et que j'entendais son ronronnement au bout du fil, nous avons trouvé votre chatte, poursuivrait-on, si tu veux la revoir, tu dois envoyer l'énoncé du partiel d'ontologie de ce semestre à l'adresse mail suivante, tu as de quoi noter, moi, n'en pouvant plus de tremper des serviettes en papier et du papier toilette, je redoublais de sanglots, et maman m'apportait un verre d'eau avec du sucre de la cuisine, puis elle le mettait devant moi

bois ça, Eugénia, je ne t'ai jamais vu souffrir comme ça, pas même à l'enterrement de ta grand-mère, et moi je me rappelais le visage de ma grand-mère dans le cercueil, sa peau très froide quand je lui ai donné le baiser d'adieu, ses lèvres se dérobant par cette rampe de rides sans couleur où auparavant il y avait une bouche, des bisous, des mots cachetant l'arrivée et le départ, des coups de téléphone me souhaitant bon anniversaire, des secrets racontés sous le serment de les garder pour nous seules,

qu'est-il arrivé à la bouche de grand-mère, maman, on a enlevé sa plaque, Eugénia, elle ne tenait plus, alors moi, fascinée par cette structure de peau s'effondrant comme un toit vétuste, moi aussi, j'aurai une plaque, maman, tu risques d'en avoir une si tu ne te brosses pas les dents, Eugénia, et en m'imaginant sans dents, comme ces gens toujours très sales qui dorment sous un abri de restes, je fonds en pleurs, pour le plus grand plaisir des vielles qui fantasment leur propre cortège funèbre de petits-enfants et d'arrière-petits-enfants sanglotant leur deuil de morve, elles s'avancent vers moi dans un déluge de mains sur mes cheveux et sur mon visage, pauvre enfant, entends-je, ne pleure plus, petite, les mains de maman crispées sur mes épaules, me protégeant de cette marée soudaine, Eugénia, les mains crispées de maman sur mes épaules, me réveillant de mon somnambulisme autosuggéré,

ton portable, Eugénia, ton portable n'arrête pas de sonner, et moi, tout éberluée, allô, allô, on a trouvé ta chatte, où, je demande, euphorique, où, elle est dans ta chatte, je les entends qui s'esclaffent avant de raccrocher.

J'ai dit à Eugénia : sors, Eugénia, maintenant j'ai à parler au docteur, et elle, les mains sur les genoux, faisant sa distraite, comme quand on appelle un chat : Eugénia,

oui maman, feignant de revenir à soi,

sors, Eugénia, il faut que parle au docteur en privé,

mais, maman,

il n'y a pas de mais, Eugénia, veux-tu que je te fasse sortir par l'oreille devant tout le monde,

non, maman, résignée, si tu as besoin de quoi que ce soit, pendant qu'elle se lève, je n'ai besoin de rien, juste de privacité, Eugénia, et dès qu'elle est sortie,

eh bien, docteur, nous allions en venir au diagnostic, nous pouvons continuer, je lui pose la question, alors le médecin, enlevant ses lunettes d'un geste large et pesant, un garçon pouvant avoir la quarantaine, court sur pattes et bedonnant, la peau très luisante comme un porcelet, dona Eugénia, il reprend, grave, je serais bien plus à l'aise si votre fille pouvait rester, l'imbécile me regarde sans bouger, attendant je ne sais quoi, les paumes des mains sur la table, moi, Docteur, je serais bien plus à l'aise si nous pouvions parler de ma santé

ou de sa défaillance, qui est ce qui nous préoccupe

seuls tous les deux, puisque c'est une affaire qui me concerne moi, alors lui, peu convaincu par l'argument de l'intimité, mais c'est qu'il s'agit d'une chose, dona, cherchant dans ses papiers,

Virgínia, dis-je,

dona Virgínia, complexe, qui gagnerait à être discutée en famille, mais moi, n'ayant aucune patience pour écouter le refrain de la compétence de tout un chacun pour décider de ce qui est mieux pour les autres,

c'est un cancer

comment, surpris,

est-ce que c'est un cancer, docteur,

non, dona Virgínia, poursuit-il, ce n'est pas un cancer,

fort bien, réponds-je, puisque nous avons écarté ce spectre, peut-être pouvons-nous passer au point de l'ordre du jour véritablement intéressant, voulez-vous parfois il faut savoir placer une expression inattendue dans ce genre de conversations où le pouvoir est presque tout entier de l'autre côté et lui, stupéfait, remettant ses lunettes sur son nez en patate, ce n'est pas un cancer, dona Virgínia, reprend-il, mais c'est tout aussi complexe, voilà pourquoi j'insistais pour que votre fille soit présente, ne serait-ce que parce que

je croyais que nous avions dépassé cela, docteur,

oui, en effet,

et moi, l'interrompant à nouveau, c'est grave, je pose la question

c'est grave.

La première fois que je l'ai vu en train de déclamer sa poésie, j'ai senti la salle de cours se transformer tout d'un coup en un de ces autobus de banlieue qui sème des cahots

eh oh, matelots, brise de sel balayant la fatigue sur le pont, pluie de porcelaine sur les bienheureux, nous sommes les héritiers de cet avenir déclenché par l'exercice d'un sourire

le déplacement de l'espace ou de la vision, les pieds brûlants sur le sol, ses paroles nous transperçant tous dans un tourbillon de neutrinos pollinisateurs, j'ai la respiration à côté de ma bouche, mon sang coule à contresens,

aujourd'hui nous grimpons sur les épaules du destin, lucioles en poudre annonçant le commencement de tout, nous nous moquons des rois et des ruines, nous capitonnons la neige avec des comètes, nous réinventons les choses et les dictionnaires, afin que tout sur notre passage soit différent de ce qui a été, je m'appuie sur l'épaule de quelqu'un à qui je souris discrètement, c'est comme si nous partagions nos organes internes et leur façon étrange de résonner à cette musique, je ferme les yeux à l'évidence qu'ils me sont absolument inutiles pour résister à ça, et résister est aussi futile que maintenir les yeux ouverts, je me laisse aller, je me laisse aller, je me retourne vers l'intérieur en une gymnastique de cocon, je cherche les plis où échouent les mots, les nids d'où il pleut en continu des rigoles de syllabes, les organes de l'amour et de la peur comme deux chats en cage à une distance qui empêche et stimule le combat, je m'affaisse, je me perds par l'intérieur, je redeviens soudain cette dépense de mon enfance où les patates faisaient pleuvoir des étoiles à l'intérieur de mes yeux, je me perds, les lumières s'éteignent, quand je me réveille j'ai une foule de gens autour de moi qui me demande si ça va mieux, ce qui s'est passé, et lui continue, impitoyable et beau,

nous suivrons le chemin des orphelins jusqu'au bout du monde et nous emporterons des tonneaux d'espoir, nous serons audacieux à en perdre la parole

je sors, soutenue par deux garçons qui m'ont adoptée comme la bonne excuse pour aller fumer une clope dans la rue, je vais bien, dis-je, je vais prendre un taxi, c'est plus prudent, ne vous inquiétez pas, et dès que je prends place sur la banquette arrière du taxi

> alors, madame, où voulez-vous aller
> *me hisser jusqu'en haut de ce garçon*
> *et appeler dieu*
> *la volonté de me hisser*[4]
> comment
> je répète :
> *me hisser jusqu'en haut de ce garçon*
> *et appeler dieu*
> *la volonté de me hisser*

je ne sais plus rien dire d'autre.

Dès la deuxième nuit que nous nous sommes vus, il m'a dit qu'il venait d'une famille divergeant progressivement d'avec l'histoire, il m'a parlé de son grand-père, de ce palais près de Coimbra, acheté dans le seul but d'aider un ami qui avait le vice du jeu et qui avait perdu sa femme dans la salle des jeux du casino de Figueira da Foz*, moi je lui demandais comment on pouvait perdre quelqu'un au jeu, car je n'avais jamais entendu parler de rien de semblable, alors il me regardait

ma petite, ce monde est très vaste et compliqué, puis il revenait à son histoire de joueur et de palais de Coimbra, acheté à dom Carlos Ier quand ce dernier s'était fatigué des parties de chasse dans ces

* Petite ville côtière, plage la plus accessible pour les habitants de Coimbra.

parages et, surtout, de son amante que le temps n'améliorait pas, le joueur, grâce à la lassitude du roi, avait acquis une propriété considérable à un prix très intéressant, pour finalement devoir la revendre quelques années plus tard, fatigué de voir chaque semaine un créancier lui réclamer sa dette de jeu, sa femme, disparaissant sous les pommiers pour se donner à un étranger dans une grange abandonnée, professionnellement, ils n'échangeaient pas un mot sur la question à la maison, tous les vendredis, il assistait à ses préparatifs, à sa toilette, à sa façon de se poudrer, d'enlever les rouleaux de ses cheveux, de s'asperger de quelques gouttes d'eau de Cologne pour conclure le processus de s'apprêter pour l'autre, alors le joueur allait dans le salon, avec une bouteille de cognac, puis quand elle revenait, il tombait à genoux par terre pour la prendre par la ceinture et lui demander pardon, alors elle, se libérant progressivement de son étreinte, l'emmenait par la laisse de sa main jusqu'au canapé où il s'éveillait immanquablement en pleurs, acteur involontaire de la tragédie de devoir faire des choix, la cherchant dans toute la maison jusqu'à ce qu'il la retrouve, en train de broder ou de s'occuper de la cuisine, et lui, misérable et engourdi comme un lendemain de cuite, il prenait son fusil et sortait sans avoir décidé s'il allait chasser ou se débarrasser de son mal pour toujours, mon grand-père, disait-il, non sans une certaine fierté, a tellement pris cet homme en pitié qu'il lui a racheté sa propriété pour son juste prix et qu'il lui a donné, par-dessus le marché, par une sorte de troc gratuit, une petite maison avec un jardin d'amandiers où ils pourraient recommencer leur vie, et moi, étourdie par tant de choses nouvelles à la fois, je demandais, que leur est-il arrivé, alors lui, changeant de registre, comme quelqu'un qui a déjà exposé la meilleure partie de l'histoire, racontait que la paix n'avait duré qu'un temps et que la rédemption n'avait pas eu le temps de s'accomplir, elle était partie avec un autre, avec l'homme du jeu, celui des vendredis, l'interrompais-je, à quoi il répondait que personne n'avait osé le savoir, elle avait disparu, c'était bien compréhensible, sans laisser de trace, avec un homme, oui, avec un homme, et son mari, son mari s'est traîné de bouteille en bouteille jusqu'à ce qu'on le trouve mort chez lui, ce qui n'a étonné personne, il est mort tout seul, risquais-je craintive, il s'est tué, il a mis fin à son mal. Bien plus tard, quand, alors que nous étions déjà fiancés, je lui ai demandé si nous pouvions nous marier dans le palais de son grand-père, à Coimbra, il m'a raconté que la propriété n'était plus dans sa famille, pour des raisons très diverses, des choses de la vie, manifestement troublé, mon père a été obligé de vendre, s'efforçait-il de compléter, mais vous ne voulez pas en parler, non, pas maintenant, je ne veux pas, nous en parlerons une autre fois.

Je rentre en cours et je leur donne leur ration quotidienne de phénoménologie fraîche, je souligne les difficultés inhérentes à la cartographie intégrale de l'horizon de sens d'un point de vue dans l'acte de voir, le défi de départager ce qui est vu et ce qui est posé,

il est bien clair pour tout le monde qu'il n'existe pas de rectangles dans la nature, n'est-ce pas, pas plus que le sens « à droite », par exemple, je me jette sur les indolents qui s'adonnent au tourisme Facebook auxquels normalement je ne fais pas attention, cas désespérés pour la statistique du redoublement, jeune homme, là derrière, je pointe du doigt, oui, le jeune homme à la chemise aux motifs complexes, je le vois se recroqueviller sur sa chaise pliable, condamné occasionnel sur la colonne du loto de la mort, si je vous demande quelle est la forme de la porte d'entrée, de l'angle où vous êtes, que me répondrez-vous, je l'interroge, en lui laissant le temps d'intégrer le problème, je l'imagine qui cherche dans les archives presque vides de sa mémoire des cours, est-ce un piège, pense-t-il, la forme, j'insiste, la forme géométrique, et lui, craintivement, un rectangle, madame, un rectangle, j'objecte, vous êtes sûr, alors il se dit que c'est vraiment un piège pour faire ployer son échine de rebelle involontaire, le plus probable c'est qu'il n'ait jamais voulu s'inscrire en philo, il a demandé à s'inscrire en droit, pour faire plaisir à papa, sachant qu'il n'avait pas la moyenne pour être admis, en fin de compte j'ai été pris ailleurs, papa, c'était mon deuxième choix, mais ce sera quand même bien parce qu'il y a du latin et de la logique, je resterai un an en faisant de mon mieux puis je demanderai un transfert, une fois à l'intérieur, tout est plus facile, n'ai-je pas raison papa, j'insiste, la forme, la forme que vous voyez de votre place, je vous donne la moitié de la réponse, ce qui pour un élève appliqué devrait valoir une réponse entière, que voyez-vous, je répète, de cet angle, ce n'est pas un test projectif, ne dîtes pas la première chose qui vous vient à l'esprit, et lui, d'ici je ne parviens à voir qu'un rectangle, alors je donne la parole à l'un de ceux dont je sais qu'ils savent, vous, je pointe du doigt, pouvez-vous me dire ce que vous voyez depuis votre place, un trapèze, madame, quel type de trapèze, d'ici, on dirait un trapèze scalène, très bien, quelqu'un peut-il donc m'expliquer pourquoi nous répondons, d'un point de vue préphilosophique et par automatisme, comme votre camarade à la chemise aux motifs complexes, un rectangle, et non un trapèze.

J'ai trébuché, Eugénia, c'est aussi simple que ça, j'ai trébuché en descendant l'escalier, tu ne te souviens pas que la même chose t'est arrivée lors d'un anniversaire, ces escaliers sont très raides, je viens juste de le faire remarquer au médecin bien plus jeune que moi, je l'ai invité à aller se rendre compte par lui-même puis me dire s'il n'aurait pas peur d'avoir à monter et descendre ces quatre étages tous les jours, mes jambes n'ont plus l'âge des tiennes, je vais très bien, je n'ai pas grossi comme la voisine du troisième qui ne sort quasiment plus, dona Sílvia, oui, celle-là, mais dona Sílvia a eu une phlébite il y a quelques années, elle ne pouvait plus bouger, c'est à ce moment qu'elle a commencé à grossir, Eugénia, quoi qu'il en soit, je vais très bien, ce n'est rien, une blessure très superficielle, mais tu as eu quatre points de suture, maman, ça m'a l'air d'être un peu plus que rien,

Eugénia, ces gens, je me penche vers elle et la tire par le bras, ces gens adorent inciser et recoudre, tu sais bien, dès qu'ils nous ont entre leurs mains, la première chose qu'ils font c'est de prendre une aiguille, je chuchote en même temps que je me recouche, et les résultats du scanner, maman, sont-ils arrivés, non, Eugénia, mais j'espère qu'ils ne vont pas tarder parce que j'en ai assez d'être dans ce lit à ne rien faire, à propos, m'as-tu apporté le journal du quartier, comme je te l'ai demandé.

Je rentre à la maison en pensant à lui, ma mère est dans la salle, elle répartit des pilules à l'intérieur de petites boîtes en plastique à trois compartiments, petit-déjeuner, déjeuner, dîner,

tu as vu ce qu'ils ont fait, tu as vu, me montrant du doigt les récipients comme on présente la preuve d'une conspiration, c'est moi qui ai eu l'idée, tu te rappelles, c'est moi qui l'ai proposée à la Mairie, quand ils m'ont donné une de ces petites boîtes à la pharmacie d'à côté, d'en fabriquer de semblables avec les armes de la ville pour les distribuer dans les marchés et les excursions, ce n'était pas cher, c'est du

plastique, mais à l'époque ils ont tous plutôt voulu le porte-clefs avec la mascotte de la gymnaestrada dont tout le monde a oublié le nom, évidemment ce fut un échec, j'avais bien prévenu ces imbéciles, mais même nos adjoints allaient voter contre moi, ils sentaient déjà le vent tourner, ils voulaient que les choses se passent le plus mal possible, alors au prétexte de la visibilité nationale de la ville et des télévisions, qui n'ont jamais rien passé, fût-ce en images d'archive, on a rempli un hangar de porte-clefs dont même les gamins en colonie de vacances n'ont pas voulu, et je parle de mioches qui n'auraient emporté avec eux les revêtements des sièges de l'autocar si on ne les avait pas fouillés à la sortie, moi j'acquiesçais périodiquement de la tête, les mains sur le canapé, bien entendu, maman, elle, continuait, et patati et patata, distribuant de grosses salves de postillons dans un rayon de deux-cent-soixante-dix degrés, je suis en train de la perdre, je vais entrer dans un tunnel, maman, ça va couper, j'entends très mal, je n'entends rien, je raccroche, mode automatique, sa tête se transforme en grand aspergeur de gazon épileptique, je ferme les yeux pour ne pas rire mais l'image traverse mes paupières, je me réveille seulement au moment où elle conclut sa harangue en frappant sur la table, tu as faim, Virgínia, et sans me donner le temps de répondre, tant mieux,
à table, je m'occupe de ce qu'il y a dans mon assiette, ma tête divague sur la plaine de tous les futurs possibles, elle est occupée par sa liste de doléances aux-

quelles j'apporte les réponses indispensables pour que ça ne devienne pas une conversation, je prends la serviette en papier et sous ses yeux je commence à sculpter avec mes doigts le profil de Pedro, je pense, je pourrais l'envoyer chier à l'instant même, attendre qu'elle me demande classiquement si j'écoute ce qu'elle dit et répondre

non, maman, en fait je n'en sais rien, et je ne veux pas le savoir, en vérité j'en ai rien à foutre, depuis le début, je me contente de faire le mur pour ton ping-pong de frustrations, il y a des années que je ne t'écoute plus, il y a des années que je ne fais plus attention, mais je suis si heureuse, que je me borne à ébaucher un sourire en demandant si je peux aller à mon bureau, j'ai plein de travail qui m'attend, maman, j'ai plein de travail qui m'attend.

Elle m'a apporté une bassine vide, elle l'a mise dans ma chambre à côté du lit puis elle a déclaré, Eugénia, verse tes larmes dans cette bassine, n'en perds pas une seule, j'ai allumé un cierge à saint Antoine, patron et protecteur des animaux, je lui ai dit, mon bon saint, aide ma fille Virgínia à trouver Maria, je te promets une bassine pleine d'amour et de souffrance transformés en larmes si nous retrouvons la chatte saine et sauve, puis pointant vers moi, pleure, Eugénia, pleure comme tu n'as jamais pleuré auparavant, il faudra un peu de temps pour remplir une bassine aussi grande.

Quand j'ai appris que mon maître voulait transmettre sa chaire d'ontologie à l'un de ses disciples, au nombre desquels je me comptais avec fierté, j'ai pris rendez-vous avec lui, de façon à demi formelle, sous prétexte de parler de l'intersubjectivité chez Husserl, après avoir demandé à maman de me choisir une tenue appropriée pour une rencontre aussi capitale, je suis arrivée cinq minutes en avance, je me suis assise devant la porte de son bureau et, avant même que la trotteuse, du pas insouciant de qui ne se laisse pas impressionner, marque l'alignement des trois heures de l'après-midi déclenchant l'épiglotte des cloches, le pas du maître se faisait entendre dans le couloir, corps de Kant à la fermentation Heideggérienne, immense fierté de ses disciples lorsqu'ils le voyaient, lui si parcimonieux dans la diffusion publique de son savoir et si timide dans ses relations sociales, tutoyer magnifiquement Fichte ou Leibniz, ou bien Husserl ou Descartes, pour leur faire voir, sans complaisance, au travers l'enchaînement de ses arguments, le point aveugle de leurs perspectives, l'endroit où le bât blesse, la fragilité structurelle qui menace l'édifice de ruine, afin que celui-ci cesse d'être une explication de tout pour se transformer, par une sorte de toucher de Midas inversé, en une boîte à outils dont le maître se servait pour construire son temple de la déconstruction des évidences, tâtonnant en nous tournant le dos, je n'ai pas la prétention d'inventer un système, disait-il, rien d'original dans ce que je dis, puis, parlant de sa méthode comme du négatif d'un système, en particulier lorsqu'il renversait le mikado du cartésianisme ou qu'il démontait pièce par pièce l'idéalisme transcendantal, je ne suis responsable que des questions, se défendait-il, les réponses en procèdent et en découlent, j'espère ne pas avoir à dépoussiérer le Platon qui est en vous pour que cela soit parfaitement clair,

si vous y pensez sérieusement, Virgínia, il faut apprendre le latin, pour un tas de raisons évidentes, et plus tard il faudra apprendre le danois, à cause de Kierkegaard, dont le rôle est fondamental dans l'exposition des structures du camouflage.

Penses-y sérieusement, Virgínia
oui, maître, j'y pense
très bien, quand commençons-nous
quand vous pourrez et vous voudrez, maître.

Il y eut un temps où tout était plus facile, maman était encore maire et, bien que n'ayant pas d'horaires à respecter, elle arrivait très souvent à la maison bien après le départ de tous les fonctionnaires, ponctuels comme la scission de l'atome, je profitais de l'intervalle entre ma sortie de la faculté et son arrivée à la maison pour aller en bibliothèque ou à la librairie, ou même, quand j'étais assez sûre de son retard, pour aller voir un film au cinéma ou un lancement de poésie dans un des multiples cafés où il était habituel, à cette époque, qu'on emploie la logistique nécessaire pour avoir en même temps à disposition, dans le même espace, des livres et de la bière, avant que ne vienne l'heure des aveugles déclamant le résultat des courses

car c'est ainsi que je voyais ces concours d'éloges aux violons herméneutiques, un tissu d'âneries capables de faire rougir mes élèves de première année et me forçant moi-même, en prétextant la chaleur, à me cacher le visage derrière un éventail, pour qu'on ne voie pas ma gêne devant le ridicule d'autrui

mais déjà les convives, dépravés chroniques et orphelins de talent pour toujours, s'accoudaient par petits groupes où la catalyse provoquée par l'alcool faisait affleurer à la surface des conversations l'ironie de pissotière avec laquelle on parlait des absents, des morts, des nouveaux venus, des vaincus, de tous ceux qui n'avaient pas la science d'afficher correctement leur mépris des apparences, des plus jeunes comme des plus vieux, des femmes nietzschéennes aux moustaches fleurissantes entre les bières et les coups de poing sur la table, de ceux qui n'étaient pas et qui ne seraient jamais poètes, comme de ceux qui l'étaient, mais qui se répétaient, et de ceux qui ne se répétaient pas, mais qui lançaient la cible après avoir lancé la flèche, de ceux qui profitaient du silence pour faire reluire leur cœur et de ceux qui jacassaient comme des pies, avec une constance infaillible dans le coup de grâce colporté de bouche-à-oreille, pour s'abattre implacablement sur l'échine des absents, ce n'est que lorsqu'on annonçait l'heure de la lecture, prolégomènes obligatoires à tout lancement, sorte de bande-annonce pour indécis, qu'ils rangeaient leurs bouteilles dans leurs étuis à revolver, alors s'abattait sur la salle un silence attentif, symptôme de la curiosité tentaculaire de voir tout passé au crible, la diction, l'intonation épique d'un bouquet fleurissant à la Manuel Alegre*, la lecture grave de ceux qui revendiquent la rémanence du texte en tuant toute tonalité affective, la modulation rythmique à travers laquelle on met en lumière le sens qui peut sourdre du poème, moi, j'en devenais l'exigence-même, la corde de l'arc tendue qui reçoit tout le vent syllabé, la déclamation, la forme, le risque, la cohérence, le contenu, l'honnêteté, la vie, matrice polyèdre par laquelle je finissais par recracher

défaut de professeur

une note habillée d'adjectifs : nul, débutant, médiocre, puéril, et si je ne me dépêchais pas de quitter, dégoûtée, ce grand leurre en vers, c'était seulement parce qu'il pouvait venir, à tout moment, et racheter tout ce pénible spectacle, parce qu'il était si grand, si beau, qu'il créait le sol sur lequel il marchait.

Dans un lavage gastrique on introduit une sonde dans la bouche ou dans le nez, par laquelle on irrigue l'estomac avec des petites doses de solution,

le plus souvent du sérum physiologique,

à plusieurs reprises, jusqu'à ce qu'on ait aspiré la plupart de la substance que l'estomac n'a pas eu le temps de digérer. En principe, on applique un peu de

* Manuel Alegre (né en 1936) poète et homme politique portugais, au style parfois emporté.

lidocaïne sur l'extrémité de la sonde avant de procéder à l'introduction, car le passage d'une sonde de ce calibre dans la fosse nasale, dans le pharynx puis dans l'estomac peut se révéler douloureux pour le patient et l'on redouble de précautions en retirant la sonde, en allant très doucement pour éviter de causer de possibles lésions dans les voies digestives.
Dans son cas, toutefois, on n'a pas appliqué de lidocaïne et l'infirmière a retiré la sonde avec une certaine force. On veut qu'elle se souvienne de la raison de sa présence ici et que ce souvenir soit aussi désagréable que possible.

Je sais bien que nous ne sommes pas des enfants de chœur, qu'en politique tous les coups sont permis, je connais ces innombrables poncifs qui germent dans tous les manuels pour apprentis gestionnaires, mais ne me faites pas croire que cette photo est notre seule arme dans le combat que nous sommes en train de mener, nous avons tout de même un projet, nous avons un bilan, nous avons la reconnaissance par nos administrés des améliorations dans de nombreux domaines où la gestion antérieure était déficitaire ou inexistante, comme les espaces verts ou ces machines pour les crottes de chien, comment ça s'appelle déjà,

les motocrottes

c'est ça, les motocrottes, les gens se souviennent sûrement à quel point il était presque impossible de marcher sur les trottoirs en allant au travail ou en rentrant chez soi sans se salir les chaussures ou, pire encore, quand les voitures occupaient toute la chaussée de façon anarchique et sauvage, et que le moindre déplacement à la boulangerie prenait des allures de course d'obstacles, qui a oublié cette dame ukrainienne qui est restée sous le camion du boucher, vous vous souvenez,

elle était roumaine, Dona Virgínia, et c'était un camion livreur de Sagres*,

peu importe, c'était une personne, une personne qui vivait parmi nous et qui est morte à cause de l'ineptie de l'administration précédente incapable de régler ce problème,

techniquement elle ne vivait pas parmi nous, elle se rendait aux Olivais** et ne faisait que passer, en fait, la mairie n'est pas compétente pour régler les problèmes de stationnement, elle peut juste

qu'est-ce que ça peut faire, Miguel, n'est-ce pas nous qui avons fait pression jusqu'à ce que le problème soit réglé, c'était une personne, un être humain dont la mort aurait pu être évitée, ou bien vous allez me dire qu'elle n'était pas vraiment une personne parce qu'elle était étrangère,

non, dona Eugénia, bien sûr que non, je faisais que rappeler les faits,

* Marque de bière portugaise bien connue.
** Quartier périphérique oriental de Lisbonne, situé non loin de l'aéroport.

les faits, les faits sont les suivants, messieurs : nous avons trois mois pour convaincre les électeurs que nous sommes l'équipe la mieux préparée pour administrer la *freguesia** par ces temps troubles qui s'annoncent, sans compter que nous affrontons un candidat plus jeune, avec plus d'argent pour faire campagne, donc durant ces trois mois, à chaque heure de chaque jour ouvrable, nous rappellerons ce que nous avons fait pour les gens et comment, depuis la crèche jusqu'à la bibliothèque, en passant par le truc pour les chiens, par les espaces verts qu'on peut enfin voir aujourd'hui, et nous n'aurons de cesse d'alerter la population sur l'imprudence de choisir une autre candidature que la nôtre juste parce que son leader a été ramasseur de balles dans le club local

en fait il a été joueur, dona Virgínia,

je sais bien qu'il a été joueur, je connais mon adversaire, mais il faut contextualiser et s'interroger sur l'importance que ça peut bien avoir dans une candidature à une charge publique, ou plutôt, dans notre cas, sur l'absence totale d'importance de ce détail, vous m'avez compris et, par la même occasion, il faut démasquer sa façon démagogique de tout promettre à tout le monde, comme si les coffres de la ville n'avaient pas de fond,

les gens aiment les promesses, dona Virgínia, et ils ne semblent pas se soucier beaucoup de ce

* La *freguesia* est la plus petite circonscription administrative portugaise. C'est l'équivalent d'une petite commune en France, plus modeste qu'un arrondissement. Il est difficile de dire si la *freguesia* dont Virgínia est la maire (*Presidente da junta*) est située à Lisbonne ou dans la proche périphérie.

qu'elles soient déconnectées de la réalité qui les sous-tend,

les gens, nos gens, nos électeurs, sont en majorité des gens âgés, et les gens âgés aiment la sécurité et le sérieux, ils sont allergiques au changement et aux mots creux qui donnent à entendre que tout est possible, voilà ce sur quoi il faut insister chaque jour jusqu'à l'élection, si nous voulons continuer à développer ce projet, qui est loin d'être achevé, nous sommes d'accord, messieurs,

donnez-moi cette photo, Miguel, nous n'avons pas besoin de ça.

Je suis restée deux heures assise devant l'entrée d'un immeuble près de ma rue, en attendant que l'accès de poésie passe, paniquée à l'idée de rentrer à la maison avec tout le langage réduit à un petit vase ne contenant que trois vers, en fait je ne suis pas guérie, je ne l'ai jamais été, le chaos en moi a appris à s'organiser et à habiter mon visage, à rire quand je ris, il s'est habitué au corset de la discipline, mais il savoure les échappées par les fissures, il me cherche au crépuscule de la faiblesse et sur les plateaux de l'euphorie, il se repaît, se nourrit de moi, vaste crématorium où l'amour et la haine fondent pour devenir la vapeur de quelques vers, chenille aux mille têtes hurlantes, aux mille volontés différentes, poussant mon corps vers les choses fragmentées de la vie, ne s'apaisant qu'avec la profusion de blessures, provisoirement satisfait, goulot d'entonnoir attendant les inévitables hoquets de sang, c'est maman qui a raison, maman a parfaitement raison, je ne suis pas moi, je suis ça en moi, usufruitière pour une durée indéterminée de cette volonté anonyme, et pourquoi, dans quel but, quelle existence germe de ces phrases chroniquement menacées de liquidation, pourquoi moi, qui n'ai jamais demandé à être choisie par cette force, assise sur cet escalier entre le précipice et l'abîme, terrorisée à l'idée de rentrer chez moi avec cet accès de ventriloquie, on peut savoir pourquoi tu rentres à ces heures indues, Eugénia, et moi voulant dire excuse-moi, maman, je me suis laissée distraire, je suis désolée, mais incapable de dire autre chose que :

me hisser jusqu'en haut de ce garçon
et appeler dieu

la volonté de me hisser[5], monocorde de toute expression possible, vous avez déjà choisi, madame

me hisser jusqu'en haut de ce garçon
et appeler dieu
la volonté de me hisser, où est-ce que je peux vous conduire,
me hisser jusqu'en haut de ce garçon
et appeler dieu

la volonté de me hisser, madame, vous êtes vraiment sûre de cette bibliographie, parce qu'elle contient un livre qui dit

me hisser jusqu'en haut de ce garçon
et appeler dieu

la volonté de me hisser, sempiternellement, le jardin est réduit à ce seul eucalyptus qui assèche tout alentour, tout le monde appelle ça de la poésie alors qu'en vérité on sait très bien que c'est une maladie, occupation parasitaire copropriété de luxe pour amis imaginaires.

Quand elle est comme ça, étrange, distante, je la suis partout, essayant d'éviter qu'elle se blesse, ou bien la soutenant quand il lui arrive de trébucher et de tomber dans les nombreux trous dont parle ce philosophe qu'elle cite dans les moments les moins appropriés, j'essaie de me convaincre que tout cela est la conséquence de l'exercice démesuré auquel est soumis le muscle de la pensée abstraite au détriment des autres fonctions qui régulent habituellement notre vie, comme le savoir être, le savoir bien paraître, le savoir remplir un chèque ou un formulaire des impôts, mais rien de tout cela ne semble l'intéresser, pas même quand elle est aux abois et obligée de me demander de l'aide, elle ne tire aucune leçon de l'expérience, elle n'évolue pas, devant les questions pratiques elle est comme une poule qui a trouvé un couteau, elle ne pense qu'à la philo, aux philosophes, aux arguments, aux bibliothèques où elle se perd à la recherche de fragments pouvant faire office de lucioles pour une thèse ou pour une idée, et il arrive souvent qu'au dîner, alors que je m'efforce d'interrompre le silence installé, elle réponde par oui ou par non sans écouter ce que je dis puis, soudain, visitée par une idée nouvelle, ou bien emboîtant la dernière pièce dans l'engrenage de celle qu'elle était en train de travailler, qu'elle se taise complètement, n'ayant même plus recours au faux-semblant d'une réponse monocorde de politesse, je vois alors descendre sur ses lèvres ce sourire qui rend ma solitude totale, ne survit que le bruit des couverts contre mon assiette, cloches possibles de cette église de réprouvés, elle ne mange plus, elle plie et replie étrangement sa serviette jusqu'à lui donner la forme étrange d'un miroir reflétant ce qu'elle a dans la tête puis, quand elle revient à elle, elle sourit, demande la permission d'aller dans sa chambre, où le chapiteau est dressé, les animaux sortent de leur cage et c'est moi qui suis le clown.

J'ai pleuré nuit et jour, nuit et jour, maman m'apportait une bouteille d'eau toutes les deux heures, tu vas te faire du mal, Eugénia, tu ne veux tout de même pas retrouver Maria au prix d'un problème aux reins ou d'une ostéoporose, tu as vu comment marche la dame du bazar chinois, chaque fois qu'elle se cogne à quelque chose elle se fracture un petit os, puis elle boite, devient dépendante, l'autre jour elle est tombée d'une petite hauteur et rien qu'en tendant les bras pour protéger son visage elle se l'est fracturé partout, il faut lui donner à manger comme un bébé, il faut l'emmener aux toilettes, il faut même la nettoyer et la laver, cette pauvre malheureuse en plâtre, alors moi, interrompant ce monologue de vieux, maman, continue à m'apporter de l'eau, ne t'inquiète pas pour moi, je vais bien, tout ça entre des crises de pleurs convulsifs, écarte-toi maman, laisse-moi aller jusqu'à la bassine, les larmes me coulent jusqu'au menton comme dans ce presse-agrumes français qui ressemble à une araignée, elles goûtent, minimes et frêles, tu vas mettre des mois à remplir ça, Eugénia, interrompt maman, mais moi, reprenant, continue, maman, car parfois j'oublie la raison pour laquelle je pleure, et ses mots me requinquent, car dans ce jeu étrange des contraires j'ai compris que seul le désespoir peut me sauver, donc continue, maman, je t'en prie, parle-moi de papa et de notre misère quand il a quitté la maison, de la façon dont on a trouvé grand-père mort devant la télé, déjà tout raide, de comment il a fallu lui briser les jambes et la colonne vertébrale pour pouvoir le coucher dans le cercueil, raconte-moi les coups de téléphone que tu reçois, car je l'entends bien sonner, maman, les mots scabreux que les gens se permettent sous couvert de l'anonymat et de la distance, alors elle me tourne le dos, Eugénia, puis elle claque la porte de sa chambre derrière elle, raconte, maman, raconte, car il y a des choses dont je ne peux atteindre le sens complet autrement que par ta description des faits, maman, par tes mots, il y a des choses qui ne sont qu'une succession d'images ponctuées par des cris, des images anonymes, sans sous-titres, dont je ne parviens pas à sonder l'origine ou le contexte, certaines sont à moi, d'autres ne sont que la façade possible d'un événement souterrain bien plus douloureux, et jusqu'à présent elles ne m'ont jamais servi à rien, maman.

J'arrive à l'hôpital et on me dit de me rendre au bâtiment des urgences, de suivre les panneaux, sur votre gauche la première à droite, tout droit jusqu'au buisson de lavande, puis à nouveau à gauche et je

personne ne peut m'y emmener, s'il vous plaît, non, dit la jeune femme du guichet, pause déjeuner, même les vigiles sont au gymnase en train de casser la croûte, mais vous ne pouvez pas vous tromper, à gauche, à droite, tout droit jusqu'à la lavande, puis à nouveau à gauche, mais moi je ne sais même pas reconnaître la lavande, c'est un peu comme du romarin, répond la jeune femme, j'essaie de me rappeler où j'ai bien pu voir du romarin en dehors de celui qu'on cueille dans la chanson, et

oui, oui, c'est bon, il y a des panneaux, n'est-ce pas, oui, dit-elle, vous ne pouvez pas vous tromper, votre maman est en train de subir des examens, par conséquent vous allez probablement devoir attendre qu'un médecin ou une infirmière vous rende compte de la situation clinique de la dame, je n'attends même pas d'en savoir davantage, je fonce, gauche, droite, tout droit, voilà qui ressemble à un arbuste, mais où sont les panneaux, gauche, un croisement à présent avec un arbre de panneaux, urgence, urgence, ça doit être par là-bas, je décrète, puis je chemine sur un sentier rétif à toute géométrie, serpentin de dalles jetées au hasard, j'écarte de mes mains les branches qui occupent l'espace oublié par le jardinier, au fond un bâtiment rose, une porte coulissante, un panneau où l'on peut lire URGE CES, un vigile joue de son talkie -walkie comme d'un maraca célibataire,

c'est ici les urgences, ma mère est là, alors lui, revenant lentement à la lucidité, oui, en effet, les urgences c'est bien ici, mais je ne peux pas vous dire si votre mère est là, si vous avez obtenu cette information à l'accueil général, alors c'est sans doute qu'elle y est, le mieux est d'attendre que quelqu'un entre ou sorte, il n'y a pas de réception ici, il y a une sonnerie à l'intérieur, vous pouvez essayer d'appeler, peut-être quelqu'un vous ouvrira-t-il la porte et viendra-t-il vous parler, mais ce n'est pas sûr, ils sont très occupés, vous savez, il y a sans cesse de nouveaux entrants en situation d'extrême urgence, il faut donc être patient ici, car la sonnerie ne répond pas toujours, je remercie et vais droit à la sonnerie, j'appuie jusqu'à ce que le bout de mon doigt devienne livide, d'un bout à l'autre de la salle les gens se réveillent, lézards reluisants sur le cuir des chaises, certains me regardent longuement et j'imagine qu'ils pensent : celle-là, avec ses jambes tordues et ses yeux de folle, elle ne laisse pas la sonnette tranquille, peu à peu je renonce, mon doigt retrouve ses couleurs, quelqu'un finira bien par entrer ou sortir, je pense, et je me laisse aller jusqu'à la chaise vide la plus proche pour lézarder avec les autres, à peine assise, je vois un jeune homme demander des nouvelles de son fils, le vigile lui répond comme il peut, sonnette, porte, occupés, patience, mais patience et urgence ne riment qu'en caractères d'imprimerie ou bien dans la bouche d'autrui, il fonce vers la porte fermée, appuie sur la sonnette stridente, les somnambules sortent de leur léthargie, posent leurs regards sur l'homme qui court-circuite le silence, un groupe de gitans rouspète à cause du bruit et le jeune homme, comme moi, a le doigt et l'audace qui fatiguent, il baisse la tête en signe de renoncement puis il cherche une chaise vide, perçoivent-ils également son regard éperdu, je me demande, et la prosodie typique de l'agité caractéristique de ceux qui voient soudainement s'interrompre l'avenir, un fils, un fils en état grave de l'autre côté de la porte et rien dans les mains sauf le plomb de l'attente, rien à faire sinon être patient, attendre l'homme en blouse qui distribuera les réponses, Noël avant l'heure pour enfants avides de bonnes nouvelles, il était au bord du gouffre mais nous avons arrêté la progression de la mort, tout s'est passé comme nous l'espérions, on n'a eu qu'à ouvrir et refermer, soudain la porte s'ouvre, un infirmier sort, infirmier, les voix se chevauchent, pouvez-vous me dire, les gens jouent des coudes, chacun se précipite avec ses mots les plus polis et les plus pressants sur l'infirmier, qui se voit soudain agrippé par une demi-douzaine de mains, dont il se débarrasse avec professionnalisme en ébauchant le voile minuscule d'un sourire, un sourire qui ne veut rien dire, qu'on ne peut pas confondre avec de l'espoir ou avec des regrets, une micro-expression bien rôdée, dont l'objet est de véhiculer, par les mouvements orchestrés d'une dizaine de muscles faciaux, toute l'empathie et la compréhension qu'on peut donner à un inconnu dans un regard, puis quand vient mon tour,

votre mère n'est pas ici, mademoiselle, elle est aux urgences générales, c'est un peu plus haut, mais comment y aller, infirmier, c'est très facile, répond-il, vous montez par ce sentier à gauche, vous continuez le long du mur, vous tournez à droite en arrivant au romarin, ce n'est pas plutôt de la lavande, je l'interromps, non, mademoiselle, ça y ressemble beaucoup, mais ici il n'y a que du romarin, pas de lavande.

Voici comment nous allons faire, Eugénia, j'ai fait des calculs pour ton argent de poche, par commodité, nous allons raisonner en semaines, si tu veux bien, naturellement, et moi, canari en cage réglé sur un oui monocorde, bien entendu, maman, fais ce qui te semble le mieux, parfait, Eugénia, selon mes calculs, il y a les déjeuners et les goûters, toujours à la cantine, cela va de soi, l'argent du passe pour les transports, un peu de liquide pour les urgences, en tout, ça nous fait un total de quelque cinquante euros par semaine, à la louche, ce qui me semble très raisonnable, n'est-ce pas, Eugénia, pour être honnête, j'ose suggérer, ça me semble trop juste, maman, je n'ai pas encore acheté tous les livres de la liste que je me suis faite pour cette année, sans compter les imprévus d'automne, comme tu sais bien, il faut aussi un peu d'argent pour les photocopies et pour les formulaires, l'université est de plus en plus bureaucratique, et puis il y a la question des congrès et des dépenses extraordinaires qu'ils impliquent, tu vois, alors elle, sourire acide, Eugénia, combien de fois avons-nous abordé la question des dépenses ordinaires ou courantes et des dépenses extraordinaires, tu n'as de mémoire que pour les concepts des sciences sociales, ou alors tu t'absentes de la conversation chaque fois que j'essaie de t'apprendre quelque chose sur les aspects pratiques de la vie,

les aspects pratiques de la vie dont tu parles, c'est la petite comptabilité de ceux qui croient avoir réglé les difficultés de l'existence avec une torsion de poignets, comme les enfants grands font aux plus petits, pensant qu'ils seront toute la vie plus grands que les autres, aveugles à la distance, aveugles à l'avenir qui s'effondrera sous les bottes cloutées,

Eugénia, si du moins tu m'écoutes en ce moment, parce que d'où je suis, j'ai plutôt l'impression que toute ton attention est concentrée sur un point de l'horizon où nous ne coïncidons pas, Eugénia, elle crie, alors moi, jeune recrue mollissant sous le soleil à la parade, sursaut immédiat, oui, oui maman, les deux catégories de dépenses,

je comprends parfaitement, je voulais juste clarifier la question des livres et des congrès, voilà tout, mais de quels livres parlons-nous, m'interrompt-elle, parce qu'on n'est pas en période de vaches grasses, Eugénia, donc il vaut mieux choisir des éditions de poche, car les autres sont un luxe dont nous n'avons pas les moyens.

À la maison, nous n'avons pas de religion à proprement parler, nous faisons partie de ce groupe social de promeneurs du dimanche au temple moqués par *Tactique du diable* de C. S. Lewis, dans le passage où l'un des démons, le plus jeune, se plaignant de ce que l'homme dont il a la charge s'est mis à fréquenter l'église, se voit répondre par le démon plus âgé, et plus sage, que ce n'est pas un problème, qu'il n'a qu'à lui faire considérer le chapeau de la dame assise devant lui qui lui bouche la vue, ou la dureté des bancs, ou encore le fait que les premiers rangs sont toujours occupés par les mêmes têtes, le boucher, le banquier, le bourgeois qui gère ses petites affaires de l'autre monde comme celles d'ici-bas, en jouant de ses contacts et de ses relations, et aussitôt, l'homme en question oubliera le contenu de la liturgie, la raison même pour laquelle il fréquente l'église, l'amour de dieu et des hommes qui donne un sens à la foi, et il ira partout, suintant le fiel qu'il distille dans le cercle qu'il trace autour de lui-même, déambulant avec ceux qui confondent infini et illimité, il finira, ironiquement, par faire du temple le lieu ou Charon viendra le cueillir par le bras, à sa grande surprise, lui qui concevait sa relation à dieu sur le modèle de la pointeuse enregistrant chaque semaine une foi végétarienne en l'absence totale du moindre changement.

Mon amour c'est Pedro, Pierre, le Marquis de la Penha de França*, locataire inexpulsable de ce cœur en plâtre piétiné par le tourisme.

Maria a disparu.
Maria m'attend toujours de l'autre côté de la porte, il faut la voir s'extraire du sommeil dès qu'elle entend mes pas dans l'escalier, à ce que dit maman, secouant sa paresse dans un long bâillement par lequel elle rétablit l'horizontalité de sa colonne vertébrale, alors elle se dirige vers le couloir avec ce trot nonchalant des félins, elle s'assoit, elle miaule jusqu'à m'entendre tourner la clé dans la serrure, puis dès que je rentre elle s'agrippe à mon pantalon, Maria, je murmure dans la langue qu'on emploie avec les bêtes et avec les enfants, laisse-moi poser mon sac, ta maman va s'occuper de toi tout de suite, je la prends et je l'emmène dans mes bras, boîte à ronronner portable bloquée sur la fréquence maximale, ma journée est complète, c'est comme ça depuis que nous l'avons adoptée, en dépit des réticences de maman, qui continue à la rendre coupable du moindre de ses éternuements, même quand elle est enrhumée, et qui s'exaspère aussi des poils éparpillés partout dans la maison, ou du fait qu'elle dorme avec moi sous la couverture en hiver,

* Quartier oriental de Lisbonne. « Penha » veut dire rocher, pierre.

haleine de chien, manges-en sur du pain, haleine de chat, jamais plus près que ça, elle répète à l'envi cette litanie d'un grand-père incapable de concevoir pour les animaux un autre usage que l'usage, mais aujourd'hui Maria ne vient pas m'accueillir à la porte et de cette absence je déduis le pire,

il y a combien de temps que tu n'as pas vu Maria, maman, elle se contente d'un haussement d'épaules, plongée dans la lecture de la gazette hebdomadaire de la mairie, pendant que moi je parcours l'appartement en me livrant au vain exercice d'appeler un chat et d'attendre qu'il vienne, scrutant sous le lit, au-dessus du dressing, dans le panier de linge sale, agitant son écuelle dans l'espoir que l'appel de l'estomac l'attire comme jamais celui de la voix ne pourrait le faire, mais même l'ouverture d'une boîte de thon est en pure perte, et je ne les ouvre normalement que sur le balcon de la cuisine, en fermant la porte derrière moi, car je me sens incapable de dire non aux instances de sa gourmandise,

Maria a disparu, maman, je ne la trouve nulle part, j'ai déjà cherché dans toute la maison,

tu as déjà regardé dans l'escalier,

oui,

et sous le lavabo, parfois elle s'y terre puis elle n'arrive plus à sortir,

aussi, j'ai même enlevé toutes les serviettes,

tu les as bien remises à leur place,

bien sûr, maman,

tu as regardé derrière le frigo,
ça fait des années qu'elle n'y tient plus, en effet,
et maintenant qu'est-ce qu'on fait, maman,
maintenant on va demander aux voisins s'ils ont vu quelque chose et le mieux qu'on puisse faire, c'est attendre, Eugénia.

Dès les premières annonces de résultats, je suis allée dans mon bureau, j'ai fermé la porte et j'ai commencé à ranger dans une boîte en carton quelques objets personnels posés sur ma table, une photo encadrée de Virgínia lors de la *queima das fitas**, un vieux canif hérité de mon grand-père, qui faisait parfois office de coupe- papier, un bloc de papiers divers, des factures d'eau et d'électricité, des factures de l'assurance, des dessins des gamins de l'espace enfants, des photos du voyage au Cap-Vert,

dona Virgínia, tout va bien, de l'autre côté de la porte, puis à mon silence succèdent quelques coups sur le verre mat, dona Virginia, répondez, nous sommes inquiets, alors moi, m'efforçant de contenir mon amertume, mon immense découragement, tout va bien, Miguel, je suis juste en train de ranger quelques affaires, demain il faudra reprendre le travail, vous devriez faire pareil,
je ne parviens même pas à remplir la moitié d'un carton, voilà tout ce qui reste de huit années de conti-

* Cérémonie traditionnelle de l'université de Coimbra, lors de laquelle les *finalistes*, futurs diplômés, en cape, font brûler des rubans aux couleurs de leur faculté. Les autres universités du pays ont institué des cérémonies sur le même modèle, avec de légères variantes.

nuel dévouement, je m'assois, j'éteins la lumière, huit années de week-ends incertains, huit années de travail supplémentaire gratuit, huit années à apaiser les querelles entre les vendeurs du marché, entre les fonctionnaires des espaces verts, huit ans de cruelles souffrances et de persévérance pour équilibrer le budget de la mairie, pour conserver un peu de liquidités dans la trésorerie, pour que les banques cessent de nous répondre par un refus avant même de savoir ce que nous leur demandons, huit années de distribution de petits sacs plastiques devant le supermarché

tenez, dona Isabel, c'est pour le chien, tenez monsieur Abílio, c'est gratuit, non, Monsieur Abílio, les pigeons sont un autre problème, chaque chose en son temps, huit années à m'arrêter dans la rue, à toute heure, pour calmer leurs inquiétudes sur les égouts ou sur la veillée de Noël,

ce serait vraiment super si vous pouviez obtenir la participation de l'animateur des émissions de l'après-midi, celui qui chante si bien, huit années de ça décliné de toutes les manières possibles, huit années en plus des six comme conseillère et des quatre comme membre du bureau,

dona Virgínia, il y a de nouvelles prévisions, venez voir, dona Virgínia, vous êtes là, allumez la lumière, tout à la force du poignet, j'arrive, Miguel, en dépit de tous les pronostics, en dépit de tous les préjugés,

une aigrie, son mari l'a quittée elle et sa fille, il n'a plus voulu les supporter, ni lui ni personne d'autre, quelque chose par terre, sous le bureau, quelque chose qui brille sous la faible lumière de la lampe dans la rue, un pin's, un pin's célébrant les trente-cinq ans de la mairie, à quatre pattes, je réussis à le prendre dans ma main, en me relevant, je me cogne la tête dans le tiroir du bureau, je fais deux pas en arrière, toutes les obscénités que je connais me viennent à la bouche, je trébuche sur un objet qui part en sifflant vers le mur et le bruit de ma chute coïncide avec le son absolument inattendu des enceintes qui entonnent à leur puissance maximum les *Walkyries* de Wagner, le morceau que nous avions choisi comme hymne de campagne et de victoire, sans doute une surprise préparée par Miguel,

dona Virgínia, je les entends qui accourent en criant, dona Virgínia, et moi par terre, j'arrive, j'arrive, tout va bien, mais je ne parviens pas à me faire entendre au milieu de cette tempête de cordes et de cuivres, ils frappent de plus en plus fort, dona Virgínia, ne faites pas de bêtises, il y a une solution à tout, dona Virgínia, et je renonce à essayer de me relever, aux huit années, aux quatre plus six, à l'odeur du gazon tondu à hauteur de trois doigts, à faire les comptes pour eux et à leur ranger la maison, à chercher un mécanicien ou des pièces d'autobus chez un ferrailleur, à les emmener au théâtre ou au music-hall, à nettoyer la merde de leurs chiens.

Après avoir collé des affiches partout, alertant la plupart des crétins pour qui le numéro de portable d'autrui se transforme en possibilité de tuer le temps en insultant des inconnus, elle a décidé, non sans que je lui aie fait part de ma plus ferme désapprobation, d'aller dans l'une de ces émissions du matin pour pleurer en direct la disparition de Maria, sûre que l'ampleur de la couverture télévisuelle alliée à la sincérité du message suffiraient pour éveiller chez une âme compatissante et attentive la charité de nous dire où se trouve la chatte,

oui, je me rappelle l'avoir vue il y a quelques jours, pas plus d'une semaine, elle appartenait à la race de ceux qui ont le museau noir, c'est ça,

oui, les siamois,

c'est ça, elle miaulait beaucoup, la pauvrette, mais comme je suis clouée ici à cause de ma fracture de hanche, il y a bien cinq ans, voyez-vous, le médecin a dit que l'opération s'était très bien passée, mais on ne sait jamais, n'est-ce pas, ce sont eux qui peuvent se prononcer sur la question, mais peut-être qu'ils n'en savent rien, j'ai déjà dépensé des fortunes en consultations, en kinésithérapie, rien à faire, je boite du canapé jusqu'à mon lit puis de mon lit jusqu'au canapé, tenez, c'est peut-être grâce à ça que j'ai remarqué votre message, dans l'émission du matin, je n'ai jamais beaucoup regardé, mais quand on ne peut plus rien faire d'autre, on s'accroche à la télévision, n'est-ce pas, alors moi, m'efforçant de donner à la conversation un cadre non confessionnel, ce n'est pas moi que vous avez vue, c'est ma fille, en fait c'est sa chatte, mais elle est tellement anéantie qu'il y a trois jours qu'elle ne quitte pas son lit, c'est moi qui réponds à son portable et qui lui transmets les nouvelles importantes, malheureusement, jusqu'à présent, nous n'avons pas eu de chance, vous savez, les gens n'ont pas le sens civique de prendre leur téléphone pour aider quand ils le peuvent, un coup de fil ça ne coûte pas grand-chose, tout le monde a un portable aujourd'hui, n'est-ce pas, tout à fait jeune femme, mes petits-enfants, voyez-vous, bien qu'ils en aient tous un et qu'ils soient toujours collés à lui, ils m'appellent de moins en moins, qu'en pensez-vous, je recevais plus d'appels quand ils avaient un téléphone fixe et qu'ils habitaient chez ma fille, et quand je m'en plains, ils disent qu'ils m'envoient des messages, comme si je pouvais lire quoi que ce soit sur un si petit écran, n'est-ce pas jeune femme, je ne suis plus vraiment une jeune femme, madame, à ma voix au téléphone on peut parfois se méprendre, allons donc, on a l'âge qu'on ressent de l'intérieur, n'est-ce pas, hier encore je parlais avec mon gendre, ma parole je ne comprends pas ces gens, un garçon si jeune, toujours triste, toujours déprimé, il n'a le cœur à rien, il passe des journées entières au lit, il ne garde jamais longtemps un emploi, si ma fille ne tenait pas de moi et si elle ne travaillait pas comme une chienne, je ne sais pas comment ils nourriraient leurs gosses, la situation est vraiment difficile, vous ne trouvez pas,

très difficile, en effet, si ça se trouve c'est nous qui les avons mal préparés pour ce monde, mais qui pouvait prévoir que ça tournerait ainsi, tenez, tant qu'on y est, dites-moi le nom de votre rue, pour que je puisse dire à Eugénia d'y passer, bien sûr, jeune femme, bien sûr, c'est la Rue Saint André, juste à côté du jardin central, si vous venez en voiture, excusez-moi, juste pour que je visualise plus facilement, c'est dans quel quartier de Lisbonne,

jeune femme, ce n'est pas à Lisbonne, c'est à Braga*,

à Braga,

exactement jeune femme, à Braga,

mais nous sommes de Lisbonne, je me rappelle qu'Eugénia l'a très clairement indiqué pendant l'émission, il doit y avoir une erreur,

en effet, il doit y avoir une erreur, comment une chatte si petite aurait-elle pu arriver jusqu'ici, vous vous rendez compte.

Le jour de la cérémonie, j'ai réussi à cacher à tout le monde que j'étais enceinte, je ne l'étais que de trois mois et on ne voyait pas encore les signes de la grossesse, de fréquentes nausées matinales, un sommeil permanent me recouvrant comme un épais manteau, une sensation d'irréalité nébuleuse revêtant mes journées, peu de choses, car mon corps, lui, tardait à assumer le fruit de mon ventre, empêché par la paresse de commencer les travaux de requalification ontologique, hésitant, corps incrédule, habitué à la solution

* Ville du nord du Portugal située à plus de 300 km de Lisbonne.

tiède de la mono-identité, corps oraculaire se protégeant de l'avenir, immobile, silencieux comme une salope, refusant vainement la chute infinie, je pouvais alors entrer dans un café et me planter devant le comptoir, je peux vous aider, mademoiselle, que puis-je faire pour vous, silence, je restais les yeux tournés vers l'intérieur à la recherche d'un sens pour chaque point du parcours, excusez-moi, disais-je à la fin, pourriez-vous me donner un verre d'eau, sans savoir pourquoi j'étais entrée là, peut-être ai-je eu faim, pensais-je, mais dans ces circonstances ma faim était incapable de maintenir pragmatiquement le cap qui la ferait aboutir, mon corps était un quartier périphérique où l'énergie de la ville dévastée arrive en titubant pour disparaître très vite, parfois au milieu d'une phrase, celle-là, elle en tient une couche, devaient-ils penser, pendant que j'assistais silencieuse à la déconnexion successive de tous les systèmes non-vitaux jusqu'à ce qu'une éruption de glucose vienne remédier quelques instants à la panne de courant, je reprenais alors la conversation où je l'avais laissée, sans la moindre notion du temps, consentez-vous, répétait le curé, consentez-vous à l'aimer et à le respecter, jusqu'à ce que la mort vous sépare, et moi, habillée comme un paquet cadeau, poupée au ressort incertain retrouvant la lumière de mes yeux, je consens, pour la sérénité de tous dans l'église, je consens.

Maman m'a appelée dans sa chambre et j'ai tout de suite compris que l'affaire était grave, même si je n'ai pas pu en deviner la raison, j'ai aussitôt pensé que j'avais oublié de l'informer de quelque chose d'important, mais je lui avais déjà donné l'emploi du temps de l'école, le nom des professeurs, la liste des élèves de ma classe cette année, avec des ronds de différentes couleurs pour ceux à qui je parle, pour les redoublants, pour ceux qui se moquent de moi depuis le collège, pour ceux qui comme moi se battent pour être les premiers, je ne voyais pas ce qui pouvait manquer, ce que j'avais pu oublier, je n'étais pas arrivée en retard à la maison ou pour le dîner, et aussitôt je suis assaillie par les doutes les plus inquiétants, je suis peut-être allée aux toilettes et j'ai oublié de tirer la chasse, alors elle, au summum du mépris devant ma distraction, a vu une torchette de papier au milieu des selles, qu'est-ce que c'est que ça, a-t-elle dû penser, cette gamine est barbouillée, mais son nerf paranoïaque palpite juste avant qu'elle n'appuie sur le bouton de la décharge, qu'est-ce que ça peut bien être que ça, je l'imagine fronçant les sourcils, le doute s'instillant dans les plis de son front, elle va chercher une pince et recueille l'atome de papier, il y a quelque chose d'écrit là, une lettre, une seule lettre, doit-elle se dire, mais une lettre peut être le vestige d'un mot, d'un nom, d'une adresse, d'un contact, et même d'un vers, d'un poème, d'un poème, à ce moment la méfiance a déjà cédé devant la colère, elle s'empourpre comme dans un ancien dessin animé et, incapable de retenir son cri, fait irruption dans la maison, débridée, Eugénia, viens ici j'ai à te parler, elle se rend compte que je ne suis pas là, que je ne suis pas encore rentrée de l'école, alors elle m'attend assise sur le lit, d'où elle m'appelle, Eugénia, viens ici, s'il te plaît, j'y vais, mouton docile allant au supplice, qu'y a-t-il, maman, qu'est-ce que c'est que ça, Eugénia, un cahier plein de dessins de femmes et d'hommes, un défoulement adolescent où l'on voit poindre le grand orchestre des corps en rut, griffonnage d'une copine façon il y a tant de choses à découvrir et à connaître, tiens, voilà qui ne me surprend même plus, je regarde médusée, on dirait vraiment qu'ils s'aiment, me dis-je, remplaçant mentalement la chose vue par la chose pensée, ce sont soudain des corps, des peaux, exhibition bouleversante du patrimoine sacré, l'air me manque, mes jambes se dérobent, je m'assieds dans l'escalier de l'immeuble, et maman, qu'est-ce que c'est que ça, Eugénia, élevant la voix au-dessus de ma distraction, c'est une copine de l'école, maman, pardon, j'étais juste curieuse, il n'y a pas de mal, je dois le lui rendre demain, je peux le lui rendre, alors elle, sèchement, ça ne sort plus d'ici, Eugénia, regarde, elle me montre une page où deux gribouillages ébauchent une scène de sexe oral, comme je devais l'apprendre par la suite, une femme avec un pénis d'homme dans la bouche, je n'avais même pas fait attention, me dis-je en moi-même, comment cela a-t-il pu m'échapper, alors elle, regarde, Eugénia, et souviens-toi bien de ce que je vais te dire maintenant, les vraies femmes, Eugénia, ne font jamais ça, les vraies femmes ne font jamais ça.

À partir d'aujourd'hui, infirmière, Miguel n'a plus le droit d'entrer dans cette maison, lui ai-je dit, péremptoire, moi si peu habituée à être à ce point affirmative en dehors des salles de cours, il n'a plus le droit, est-ce bien compris, elle fait oui de la tête, surprise autant que moi de la fermeté avec laquelle je véhicule une sentence aussi définitive, c'est entendu, Eugénia, balbutie-t-elle, mais votre mère, poursuit-elle, a bien peu de visites, vous savez, j'espérais même qu'en tant qu'ancienne maire pendant si longtemps, il y aurait plus de gens qui viennent la voir, vous savez, ça c'est un autre problème, je l'interromps, les gens ont la mémoire courte pour tout le bien qu'elle a fait ici, les gens ont un comportement clientéliste, maintenant que c'est un autre qui est élu, d'un autre bord politique, ils n'osent plus venir visiter celle qui leur a réparé la toiture du marché couvert, les trous dans les trottoirs, ou la jungle de mauvaises herbes qui avaient pris possession des rues, tout ce qui relève de la compétence municipale et qui était en plan avant que ma mère ne prenne son premier mandat et ne commence à y mettre lentement un peu d'ordre, et encore beaucoup de voix se sont élevées contre elle, car elle a mis fin aux pélerinages à Fátima aux frais du contribuable, aux repas de Noël à l'œil, aux fêtes dans les ciné-théâtres avec des ersatz de Tony Carreira* faisant fondre le cœur des veuves,

ah, comme ce garçon chante bien,

puis arrivait la facture et c'était quinze mille euros, prix d'ami, évidemment convertibles en bulletins de vote,

vous n'avez qu'à mettre la croix ici, dona Alzira, n'oubliez pas

et quand nous allions protester contre le bruit durant tout le mois de juin à cause du barouf permanent derrière la caserne des pompiers qui ne se calmait qu'à trois heures du matin, tous les jours de la semaine, un mois durant, il fallait voir les regards condescendants

je vais voir si le maire peut vous recevoir, dona Virgínia, car il a beaucoup de service à expédier, alors ma mère, qui n'avait pas sa langue dans sa poche, chez moi on dit travail, madame,

le fait que ma mère était membre du bureau n'y changeait rien, d'ailleurs, c'était plutôt le contraire, vous savez comment ça marche, infirmière, sans me rendre compte que j'étais déjà en train de crier, si on avait découvert du pétrole dans les sous-sols de la ville et que ma mère avait proposé qu'on utilise cette ressource pour améliorer la vie des habitants, la proposition aurait été rejetée, rien que parce que ne venant pas du parti majoritaire, vous comprenez, infirmière, n'ayez aucune illusion sur la façon dont la politique fonctionne dans ce pays, et ça ne s'arrange pas quand

* Sorte de Dany Brillant portugais.

on arrive au parlement, infirmière, bien au contraire, les quinze mille se transforment alors en quinze millions, les Tony Carreira en Benficas, les dîners à l'œil en essence payée, je ne dis pas que c'est partout pareil, mais d'après mon expérience, l'honnêteté est l'exception et ma mère, malgré tous les défauts que je lui connais en tant que fille, était honnête, intègre, elle n'a jamais dépensé un centime pour son profit personnel,

j'ai mal à la poitrine, j'ai des fourmis dans le bras, je pleure, je me rends soudain compte que je pleure, l'infirmière s'approche de moi, elle prend mes mains dans les siennes, Eugénia, dit-elle, c'est passé, laissez tomber, quelles que soient vos rancunes, ce n'est pas la peine de vivre dans l'amertume, laissez tomber, Miguel, Miguel est le meilleur ami de votre maman, il doit partager ses valeurs, et pour elle ce serait si bien

j'emmerde Miguel, je ne veux pas en entendre parler et je veux moins encore le voir à la maison, vous avez compris, infirmière,

alors elle me tourne le dos, sans un oui sans un non, sans un signe de tête, et je me demande comment je pourrais lui expliquer ce qui dans ma tête n'a même pas de nom.

Je les suis partout, en silence et à une distance respectable, eux turbulents, riant de choses que je ne trouve pas intéressantes, encore moins drôles, mais au fond c'est notre pacte, ils ne m'abandonnent pas sur la terrasse du moment que je respecte ce qui a été stipulé, ne pas m'immiscer dans la joie qu'ils génèrent continuellement, contempler de loin l'éclosion du feu d'artifice, me taire pour pouvoir en être, un peu comme fait maman à la maison quand elle allume la télévision pour ne pas être seule, et je les suis partout de bon gré dans ce quatre plus un en mode remorque, parfois on s'arrête à une terrasse et ils avalent rapidement deux bières, se disputant l'attention des filles, moi je peux la boire en deux secondes, dit l'un, ça ce n'est rien, tu ne sais pas avaler un demi, répond l'autre, et aussitôt quelqu'un sort une montre chrono pour arbitrer le match de jeunes coqs d'anthropologie en *overdose* hormonale, les bières brandies bien haut attendant le signal du départ, les verres posés bruyamment sur la table presque en même temps, et tout de suite naît un litige sur les règles applicables, quelle quantité de bière peut rester au fond du verre, l'épreuve finit-elle quand on éloigne le verre de la bouche ou bien quand on le pose sur la table, mais l'affaire se règle de manière pacifique, on décidera la prochaine fois, conclut l'un d'eux, athlètes très fair-play du moment que la compétition est vouée à ne jamais finir, puis nous décidons d'avancer jusqu'à l'étape suivante sur le plan de la visite, des fois qu'un professeur aille faire le tour des bistrots pour attraper les cancres qui ne sont pas encore aller visiter la chapelle des os* et les menacer d'un regroupement obligatoire avec des sorties surveillées.

* *Capela dos ossos,* l'une des grandes attractions de la ville d'Évora, dans le sud du pays.

Après quelques tournois d'haltéro-éthilisme, nous sommes passés devant une estrade vide, reste de la foire médiévale, le soleil clément de la fin d'après-midi invite quelques audacieux à monter sur la scène pour nous servir leur meilleure version d'une chanson que j'ignore complètement, mais qui génère chez les autres l'enthousiasme de qui voit la copie se superposer à l'original, même si nous convenions de suspendre l'accord tacite qui me confère la fonction d'observateur et, de temps à autre, de mascotte, je serais parfaitement incapable de monter sur l'estrade et de chanter quoi que ce soit, moi qui souffre de honte d'autrui dès que je vois quelqu'un se livrer à une mimique bruyante pour devenir une étoile sur commande, moi qui en fait de musique ne connaît que le répertoire symphonique et en fait de paroles que l'imprimé, mais il y a des provocateurs, il y a toujours des provocateurs, Eugénia, lance quelqu'un, tu ne veux pas nous chanter une petite chanson, je dis non d'un haussement d'épaules, en regardant par terre, agneau résigné au sifflement du gourdin qui menace de me redresser les côtes, sûrement pas, sûrement pas, alors ils s'assemblent tous autour de moi, car dans ces occasions le refus est le meilleur assaisonnement, allez viens, allez viens, ils me tirent malgré moi, les filles me poussent sur l'estrade, allez Eugénia, ne sois pas timide, je fais la morte, l'une d'elles me tire par le bras, les autres me hissent par le pantalon et par le derrière, c'est comme ça qu'on porte les morts, me dis-je, morgue de gros serpents trahis par leur gourmandise, je ne sais pas chanter, je répète, effrayée, je ne sais pas chanter, pendant qu'eux, en cœur, crient mon nom, Eu-gé-nia, Eu-gé-nia, et tout d'un coup, ça devient ce que j'ai vécu de plus proche d'un anniversaire, Eu-gé-nia, Eu-gé-nia, et je me déploie depuis l'intérieur de ma honte, je lance les yeux au ciel où les premières étoiles pleuvent à l'intérieur de mes yeux, le cagibi, l'odeur de patates que j'associerai toujours à la famille et à la mort, sans distinction, je me lance,

Quand Zarathoustra arriva à la ville voisine située au bord des forêts, il y trouva un grand rassemblement de gens sur la place du marché : car il avait été proclamé que l'on verrait un danseur de corde. Et Zarathoustra parla ainsi au peuple : « Je vous enseigne le surhumain ».
L'homme est quelque chose qui doit être surmonté. Qu'avez-vous fait pour le surmonter ? Tous les êtres, jusqu'ici, ont créé quelque chose au-delà d'eux-mêmes : et vous voulez être le reflux de cette grande marée et vous préférez retourner à l'animal plutôt que de surmonter l'homme ? Qu'est le singe pour l'homme ? Un objet de risée ou de honte douloureuse. Et c'est exactement cela que l'homme doit être pour le surhomme : un objet de risée et de honte douloureuse. Vous avez fait le chemin du ver de terre à l'homme et bien des choses en vous sont encore ver. Jadis vous étiez des singes et aujourd'hui encore l'homme est plus singe que n'importe quel singe. Mais même le plus sage d'entre vous, celui-là n'est qu'un assemblage disparate et divisé de la plante et du fantôme. Mais est-ce que je vous dis de devenir des plantes ou des fantômes ?
Voyez, je vous enseigne le surhumain.

Et quand j'ouvre les yeux ils sont tous muets, immobiles comme des animaux défiant l'ouragan de la mort, bouche bée face au mystère, l'une hasarde, Eugénia, c'est quoi ça, dis-moi, un autre, c'est le surhumain, tu n'as pas entendu, je sais bien que c'est le surhumain, réplique la première, mais je ne connais pas ce surhumain, ce n'est pas celui des films, bien sûr que non objecte encore un troisième, ça c'est une saloperie fasciste, vous n'avez pas compris, celui qui a écrit ça est en train de nous traiter de singes, d'êtres inférieurs, n'est-ce pas, Eugénia, de qui c'est, qui a écrit cette cochonnerie, alors moi, saisie de peur compte tenu de la tournure soudaine de l'interprétation, Nietzsche, je balbutie, Nietzsche, je confirme, devant le large sourire moqueur de l'énervé en chef, je le savais, poursuit-il, je savais que c'était un de ces tarés allemands qui ont inspiré Hitler, n'est-ce pas, Eugénia, pourquoi lis-tu cette saloperie, tu regrettes le temps de Salazar, l'époque de la PIDE, tu sais que mon père a été à Tarrafal *, sale pute de merde, si tu n'étais pas une gonzesse tu prendrais tout de suite un coup de latte dans la gueule, les autres accourent vers lui, laisse-la, elle est à moitié dingue, on s'en va, laisse tomber, on s'en va, ils lui serrent les bras, l'emmènent loin de l'estrade, à mesure qu'ils s'éloignent il laisse tomber une bordée d'insultes, il reçoit des encouragements, quelques tapes dans le dos, à deux reprises ils le retiennent pour

* PIDE/DGS police politique salazariste, de sinistre mémoire ; le camp de Tarrafal, situé au Cap-Vert, était un camp de concentration pendant le régime salazariste.

qu'il ne revienne pas me défigurer à coups de pied, et moi au milieu de l'estrade, mes jambes tremblent et je finis par tomber, les yeux inondés de larmes, sans avoir pu leur expliquer la vraie nature du surhomme, la révolution ontologique à côté de quoi le projet nazi ressemble à un jeu de mauvais garnements, mais comment montrer cela à qui n'a jamais lu Platon, à qui voit Nietzsche par le prisme d'un film de cowboys, à qui n'a jamais trébuché sur le mystère de l'existence des étoiles plutôt que rien, et les étoiles, qui pleuvent en continu sur mes lunettes mouillées, sont des archipels d'encre blanche semés au hasard que je recompose à chaque clignement d'yeux, un caléidoscope bien à moi, alors je souris.

Mais comment est-ce possible, Eugénia, avec une moyenne comme la tienne, que tu n'aies été prise dans aucune des quatre licences que nous avions placées en premier sur le formulaire de candidature, dis-moi, comment se fait-il que tu aies été prise en Philo, en Philo, mon dieu, comment me suis-je laissé convaincre que placer Philo en cinquième choix, choix romantique, disais-tu, était une bonne idée, comment, à mon âge, elle est assise devant moi, son bulletin d'inscription sur ses genoux, ses yeux de chien espiègle balayant par terre à la recherche d'une contenance, pendant que je déambule d'un côté à l'autre du canapé, incapable de m'asseoir, de rester tranquille, de penser à une issue pour ce désastre, Philo, le cursus des chômeurs de longue durée, bon pour les adeptes du manque d'hygiène, pour les malpropres qui regrettent les festivals de drogués où ils n'ont jamais mis les pieds, tout juste bons à s'envoyer des demis aux terrasses des cafés, esthètes de l'obscénité, gavés de citations pour lever des jeunes filles écervelées, si elle croit aller en fac pour se vautrer dans le lit de tous les étudiants en maîtrise, elle se fourre le doigt dans l'œil, il vaut mieux rester à la maison à faire de la couture ou à devenir dingue, plutôt que cette vie de moins que rien courant après des ringards en uniforme de vampire, tu m'entends, Eugénia, et elle, hein, hein, si tu penses que grâce à cette catastrophe tu vas pouvoir te promener de soirée en soirée jusqu'à obtenir ton transfert en droit, au prétexte que tu n'as pas besoin d'aller en cours ni de prendre les choses au sérieux, tu te trompes beaucoup, tu as compris, mais maman, il n'y pas de mais, tu ne vas t'inscrire que parce que c'est plus facile de demander un transfert que de soumettre de nouveau ta candidature, et tâche au moins de profiter du latin et de la logique, qui peuvent te donner des équivalences pour le droit, oui maman.

Une fois je l'ai suivi jusque chez lui, de loin, mourant de peur de me faire prendre, qu'il revienne sur ses pas pour une raison quelconque et qu'il me voie, qu'est-ce que tu fais là, ne t'ai-je pas vue tout à l'heure au lancement de Ventura, alors moi, mi-muette, mi-sotte, le pain, je vais acheter le pain, où ça, je ne connais aucune boulangerie dans le coin, le pain, je vais acheter le pain, mais heureusement il avait la tête ailleurs, marchant sur la pointe des pieds, les talons projetés par les ressorts de la bière et du vin qu'il avait commandés au comptoir pendant les pauses après chaque poème, moi je me demandais comment peut-il boire autant, comment parvient-il à boire tout ça sans perdre contenance, en gardant la pose, l'élégance, la capacité de transformer par la lecture deux vers rudimentaires en épines poussant sous la peau, je l'aimais de plus en plus, homme-phare éclairant tout sur son passage, je le suis comme on suit les grands prophètes qui ouvrent la voie parmi les foules sans jamais se mêler à elles, je le suis du regard, à l'odeur, il est mon horizon, mon nord magnétique, ma seule et ultime possibilité d'être encore heureuse dans ce monde, il s'arrête devant un immeuble ancien, à la façade d'azulejos pleine de trous, dus aux chapardeurs qui les revendent à la *feira da ladra** aux touristes assoiffés de carreaux historiques, il pousse la porte qui était entrouverte et j'attends, examinant l'immeuble, une lumière s'allume au deuxième étage gauche et il apparaît à la fenêtre de la salle, une cigarette roulée au coin du bec, laissant échapper de généreux nuages de fumée, j'attends jusqu'à ce qu'il rentre, il ferme la fenêtre derrière lui et je m'approche de l'immeuble, prudemment, mes pieds semblent marcher sur un lit de feuilles mortes, heureusement le soleil est déjà couché, il n'y a personne dans la rue, je

* Marché aux puces qui se tient le mardi et le samedi au centre de Lisbonne.

pousse doucement la porte, elle est restée ouverte, je respire, j'entre et je cherche les boîtes aux lettres, pétrifiée à l'idée qu'il peut surgir à tout moment, merde j'ai oublié d'acheter du tabac chez le petit indien, qu'est-ce que tu fais là, ne t'ai-je pas vue tout à l'heure au lancement de Ventura, alors moi, mi-muette, mi-sotte, le pain, je vais acheter le pain, où ça, il n'y a aucune boulangerie dans l'immeuble, le pain, je vais acheter le pain, mais heureusement il ne se montre pas et je m'empresse de glisser dans sa boîte aux lettres une enveloppe adressée au marquis de la Penha de França, contenant un poème, mon poème pour lui, le poème de notre inévitable rencontre,

Apportez-moi un homme qui me soulève avec les yeux
qui en moi dépose la fin de la tragédie
avec la grâce d'un ballon gonflé à bloc
apportez-moi un homme qui vienne par seaux,
libre et liquide pour se mêler à moi
avec une foi nuptiale de garçon promis à se déshabiller
léger, léger, un apprenti oiseau
apportez-moi un homme qui m'aime en cercles
qui m'aime en craintes, qui m'aime en rires
qui m'aime en autobus les roues dans le ravin
et qui me rende mes cernes en remerciement
d'être vivants
un homme homme, un homme enfant
un homme femme
un homme tout fleuri de nuits dans les cheveux

un homme aquatique en feu et entier
un homme maison, un homme hiver
un homme à la bouche penchée en crépuscule
au cœur de préface en attente d'être écrite
apportez-moi un homme qui me veuille en moi
que je dresse en hémisphères que j'étale et que je chante
un homme monde où je puisse me perdre
et qui doigt après doigt me retire les échardes des yeux
me jetant dans l'illusion que nous sommes deux
nouveaux nuages debout[6].

Faire du repassage est la seule chose qui me calme quand je l'attends, deux heures du matin, je te l'ai dit, Eugénia, j'entends bien que c'est la fête des terminales et que tu veux être avec tes camarades, puisque ce sera la dernière fois que tu verras la plupart d'entre eux, car vous allez suivre des voies différentes, tout le monde ne peut pas aller en Droit, je comprends, tous n'iront pas, ne pourront pas aller, à l'université, mais comprends bien le caractère exceptionnel de mon autorisation, et fais-moi le plaisir d'être de retour à minuit, au plus tard, je ne veux pas savoir s'il y a une fête après la fête, si vous voulez tous aller en boîte vous trémousser au son des verres, ça ne m'intéresse pas, je veux que tu sois de retour à minuit, nous sommes bien d'accord, Eugénia, d'accord dit-elle, d'accord, son regard niais collé au carrelage de la cuisine, merci, maman, elle tente de m'embrasser, ça suffit, Eugénia, doucement, tiens-toi tranquille, il y a des moments bien plus propices aux témoignages d'affection, ce n'est qu'une autorisation de sortir le soir, seule et sans précédent, maintenant sauve-toi, va te préparer, et essaie de ne pas mettre des habits qui semblent sortis des tiroirs d'un daltonien, oui maman, et maintenant ça, voilà deux heures que je l'attends, faire du repassage est la seule chose qui me calme, transformer cette montagne informe de vêtements en une pile ordonnée de chemises, de jupes, de draps et serviettes de bain par la chaleur et par la force, entasser les vêtements un à un sur la planche et écraser les racines de ces plis qui s'entêtent à revenir après chaque lavage, c'est ça la vie, Eugénia, désordre, confusion, c'est ça le monde, la force de nos poignets est faible et hésitante sans la ténacité du cœur, et sans la lucidité de la raison la force de nos poignets est fruste et violente, Eugénia, même astucieux et tenaces, nous devons toujours mettre les mains dans le cambouis, ou alors nous serons coupables de la ruine qui dérive du laxisme et de la paresse, Eugénia, et nous serons les plus coupables, car les plus coupables sont toujours ceux qui ne concourent à rien, qui ne savent pas se décider, ceux qui pensent que le rêve et l'utopie suffisent pour obturer les fissures des murs de la maison, les romantiques, les raclures de gauche, éternellement obsédés par l'injustice mais incapables de contribuer à sa réparation, toujours prêts à faire éclater les boutons de fièvre chez les autres, même contre leur gré, tout contents de distribuer des plateaux-repas pour stopper la faim dans le monde, idiots utiles du pouvoir corrompu, qui se paient de mots, de manifestes, d'émotions, d'affiches, de poèmes chantant la lutte et de chansons de loqueteux, tu vois bien où ça mène, Eugénia, tu comprends pourquoi je suis obligée de travailler comme je travaille, dans cette mairie, tous les jours, Eugénia, pour couper court à leurs rêves de baïonnettes dans la voix des hommes et des femmes libres, alors je l'entends mettre la clef dans la serrure, avec d'infinies précautions, je devine sa respiration entrecoupée entre chaque tour de clé, j'éteins la lumière et je la laisse entrer, j'attends qu'elle referme la porte comme un voleur, bonsoir, Eugénia, tu sais l'heure qu'il est, elle sursaute, maman, elle porte sa main à sa bouche, j'allume la lumière et je lui agrippe les cheveux, excuse-moi, maman, je la traîne dans le couloir jusqu'à la cuisine et je la plante devant l'horloge murale, tu as vu l'heure, Eugénia, tu as vu l'heure, dévergondée, je pousse son visage contre l'horloge comme je poussais tout à l'heure le fer à repasser,

défaire le désordre, rétablir le sens de la loi par la force, voilà pourquoi ton père a quitté la maison, devinant déjà quand tu étais petite ta tendance à l'anarchie, elle pleure contre le verre de l'horloge, elle balbutie des mots incompréhensibles, elle peut à peine ouvrir la bouche, si tu penses que je vais tolérer à la maison une dilettante professionnelle tu te trompes complètement, Eugénia, par conséquent, dès que tu auras fini de nettoyer la morve sur cette horloge, réfléchis bien à ce que je viens de te dire et va dans ma chambre me dire si tu choisis de rester à la maison en respectant les règles ou si tu préfères prendre ton balluchon et mener une vie de saltimbanque, je lâche ses cheveux et elle tombe à terre en pleurant, tête de linotte.

Je monte l'escalier et soudain la porte du second s'ouvre, la voisine m'interpelle, mademoiselle,

oui, vous m'avez fait peur, réponds-je,

ce n'est que moi, dit-elle en souriant, je porte ma main à ma poitrine, cheval au galop sur un sol en beurre, dites, voisine, excusez-moi, dites,

votre mère, mademoiselle, votre mère ne va pas bien, mes épaules perdent soudain leur vigueur, je sais, dona Ivona, je sais, elle perd la tête, nous ne savons pas encore ce que ça peut être, mais elle a changé, je sais, mais avez-vous remarqué quelque chose, voisine, demandé-je, oui, mademoiselle, en fait, remarquer n'est pas vraiment le terme, vous savez que je ne passe pas ma vie à la fenêtre comme d'autres dans l'immeuble, n'est-ce pas, elle ponctue sa phrase d'un petit rire, mais comme je suis à la maison la plupart du temps, il est inévitable que j'entende au moins ce qui se passe dans l'escalier, vous comprenez, j'acquiesce d'un geste, bien entendu, mais que se passe-t-il dans l'escalier, dona Ivone, votre maman, continue-t-elle, votre maman a passé tout l'après-midi, tout l'après-midi, souligne-t-elle, à descendre et monter l'escalier, cherchant je ne sais quoi dans tous les vases à tous les étages, c'était ahurissant, j'ai attendu qu'elle passe ici et je lui ai demandé, dona Virgínia, je peux vous aider, elle m'a très mal répondu, mademoiselle, je ne voulais que me rendre utile, vous comprenez, bien entendu, je rétorque, mais elle vous a mal répondu comment au juste, mêlez-vous de ce qui vous regarde, m'a-t-elle dit,

mêlez-vous de ce qui vous regarde, mademoiselle Eugénia, moi qui ne me mêle jamais de la vie de personne, comme vous savez,

bien sûr que non, réponds-je, elle ne devait pas être dans son assiette aujourd'hui, dona Ivone, veuillez accepter mes excuses, je suis sûre qu'elle viendra elle-même vous présenter ses excuses dès que je lui aurai expliqué ce malentendu, car tout cela n'est rien qu'un grand malentendu, ce sont les nerfs, elle est assez déprimée dernièrement, elle perd la tête,

oui, interrompt-elle, mais à côté de moi c'est encore une jeune femme, il faut qu'elle se repose, surtout maintenant qu'elle n'est plus maire,

c'est ce que je me tue à lui dire, il faut qu'elle profite de la vie et de sa retraite, mais c'est une vraie tête de mule, comme vous savez,

ouh là, je sais bien, nous avons eu plus d'une dispute quand je m'occupais du marché, vous ne vous souvenez pas, alors moi, faisant semblant, bien sûr que je me souviens, naturellement,

mais elle était très juste, très droite, et quand nous discutions, même à grands cris, elle rit encore, son dentier béant claque à l'intérieur de sa bouche, tête de mort en sursis sur une structure de branchages, nous parvenions toujours à nous entendre, elle n'a jamais été mal élevée avec moi, mademoiselle, d'où ma surprise aujourd'hui, je ne voulais que me rendre utile, vous comprenez, alors moi, tout en regrets, elle a dû se mélanger les pinceaux, ce sont les nerfs, dona Ivone, dès que je serai rentrée j'essaierai de tirer ça au clair,

faites, mademoiselle, faites, car ces gens-là, elle me tire vers elle, pour pouvoir chuchoter, ces gens-là sont très mesquins, ils vont encore s'imaginer que vous cachez des choses dans les vases, voyez-vous, elle me fait un clin d'œil, et moi, étonnée, des choses dans les vases, oui, mademoiselle, des choses illégales, de la drogue, vous comprenez.

Ce furent les pompiers, puis la folle qui prétendait habiter à Braga, les gamins de l'école demandant Monsieur Lion, oh, pardon, je me suis trompé de cage, un jeune livreur de pizzas me demandant si j'avais vu sa mobylette, des témoins de Jéhovah m'annonçant que la disparition de ma chatte était l'un des signes de l'apocalypse, un garçon de café me menaçant de poursuites si je placardais à nouveau une seule affiche sur sa vitrine, les gamins de l'école demandant Monsieur Porcelet, oh, pardon je me suis trompé de bauge, un camionneur insinuant que l'annonce était une couverture pour des services coquins, on sait bien ce que veut dire chatte, disait-il, c'est évident, et perdue veut dire à la recherche, donc combien prends-tu pour une pipe, des évangélistes bradant des bibles, désespérés par le loyer du temple à payer, toutes sortes de tarés avec toutes sortes de tares, j'ai un clapier à lapins dans mon jardin, tu veux le voir, je sais où est ta chatte, sale pute, je sais tout sur toi, tu es enseignante, tu veux bien m'apprendre les tables de multiplication, j'ai un chat à neuf queues et je suis un vilain garçon, je sais très bien ce que tu cherches et si tu en veux je suis là, pute, salope, pipe, ta chatte, ta chatte pleine de poils, comme c'est bon, alors j'ai dû prendre une résolution, entrer dans sa chambre et la réveiller de cette torpeur d'agonie où elle se complaît,

Eugénia, Eugénia, je la secoue pour la réveiller,

ils l'ont trouvée, maman, je m'assois sur le lit, regardant la bassine où cette mer morte embryonnaire augmente goutte à goutte, ça suffit, Eugénia, ça suffit,

maman, elle va revenir, ils l'ont trouvée, plus la peine de continuer à remplir la bassine,

non, Eugénia, elle ne va pas revenir, je jette son portable dans la bassine et je le vois naufrager sans défense, quand elle essaie de le rattraper je la prends par les cheveux et je la maintiens dans son lit, tiens-toi tranquille, Eugénia, grandis un peu et prends-en de la graine, les choses, les gens et les animaux entrent et sortent de notre vie très souvent malgré notre volonté, c'est fini, trouve une autre bête, sors de ton lit et va travailler, rien dans ce monde ne vaut l'exagération d'un deuil infini, c'est contre-nature, c'est contre Dieu, grandis, Eugénia, ou alors tu passeras ta vie à remplir des bassines sans fond, elle cesse de se débattre, corps résigné dissipant son énergie en pleurs, je vais me tuer, maman, fais ce que tu veux, Eugénia, fais ce que tu veux, après tout c'est ta vie.

Je suis retournée le voir, mon Pedro, le Marquis de la Penha de França, j'ai séché les cours, j'ai dit à mes élèves de relire la lettre à Lord Chandos d'Hofmannsthal, si possible en allemand, et même si je suis sûre que ce sera la première fois qu'ils la liront, dans un pdf en espagnol, je leur ai demandé d'être attentifs surtout à sa coloration affective, à la façon dont Hofmannsthal parvient, entre prosaïsme et évocation, à décharner les choses jusqu'à l'os, et comment cette expérience de mélancolie sublimée traduit ce que saint Augustin appelle l'inquiétude, la disposition originelle des choses qui n'apparaissent pas comme elles sont pour elles-mêmes, ce qui est évidemment un contresens, mais dépouillées de toute qualité affective ou pragmatique, inutilités en plein avènement d'étrangeté, une expérience, au fond, en tous points semblable à la poésie, mosaïque d'identités pour échange épistolaire entre enfants espiègles, voilà mon Pedro, et me voilà moi, à mi-chemin entre la volonté qu'il me voie et la peur qu'il le fasse, je me recroqueville sur ma chaise jusqu'à redevenir une petite fille, mes jambes se balancent sans toucher par terre, ma jupe plissée passe au-dessus de mes rotules, mes cheveux tombent sur mon visage comme les bébés qui cachent leurs yeux pour ne pas être vus, alors il démarre, le doigt en guise de baguette au-dessus de l'orchestre, un deux trois quatre, il bat la mesure et sème des prodiges, il emporte toute la salle avec lui planer au-dessus de la baie où l'on trouve des tigres archaïques et des pépites de la plus pure vérité, que nous mordons à en perdre toutes nos dents, le sourire et le sang nous montent à la bouche, enfants inauguraux s'écoulant par une trappe dans le fleuve creusé par les animaux malades, et, soudain, nos jambes deviennent des ancres attachées sous nos sièges pour empêcher le naufrage, mais le drame c'est que nous sommes incapables de contempler le coucher de soleil tranquillement et en silence, nous voulons toujours davantage, nous voulons de l'absinthe, des pétoncles, du *carpaccio* de pétales, notre nom affiché dans le métro, la gloire avant l'œuvre complète, la note avant l'examen, nous voulons apprendre à faire des claquettes par décret, le paradis ici tout de suite, la chambre rangée chaque fois qu'on ouvre la porte, que tous les animaux nous reconnaissent à l'odeur et qu'ils nous lèchent d'affection, surtout, nous voulons ne pas avoir à sortir d'ici à genoux, ployant sous le matin tombant droit comme un piano sur notre crâne chaotiquement labouré de cicatrices, nous voulons dé-naître*, comme dit l'autre, revenir à la vie dans des œufs de pâques pour être distribués à la

* Allusion à la chanson « FMI » de José Mário Branco (1942-2019) : *Eu quero desnascer, ir-me embora, sem sequer ter que me ir embora* (« je veux dé-naître, m'en aller, sans même avoir à m'en aller »).

sortie des écoles et rendre des enfants heureux, rendre quelqu'un heureux.

Vous pourriez me donner un autographe, s'il vous plaît ?

Il arrive à la maison, il entre, il allume systématiquement une cigarette, je lui tends toujours le même cendrier en porcelaine, un cadeau de mariage, cimetière d'innombrables mégots, il commence par me raconter les roublardises de la semaine, j'ai acheté la garniture de la maison d'un vieillard qui vient de mourir, ses enfants me l'ont cédée pour une bouchée de pain, prenez, prenez, vous nous rendez service, papa avait la manie de tout garder, depuis les journaux anciens à tout ce qu'il trouvait dans la rue, il ne jetait jamais rien, d'où le foutoir que vous voyez, vous comprenez, et les deux petits dégoûtés n'imaginaient pas qu'au milieu de tout ce fourbi, madame la professeure,

ça commençait toujours comme ça, il m'appelait madame la professeure

il y avait une boîte avec des montres, des bagues, des bracelets et même des dents en or, apparemment le vieillard n'était pas le petit ange amorphe qu'imaginait sa famille, à mon avis il a dû receler de l'or allemand ou quelque chose de comparable, car autrement on ne comprend pas le sac en velours rempli d'un demi-kilo de dents en or, madame la professeure, et que voulez-vous en faire, mon petit, ça continuait comme ça, je l'appelais mon petit allez-vous le restituer, allez-vous le remettre aux autorités, allez-vous chercher quelqu'un susceptible de trouver les propriétaires légitimes de cette fortune, non, madame la professeure, je n'en suis pas capable, je vais devoir tout garder, je n'en suis pas capable, alors moi, l'interrompant, haussant un peu le ton pour paraître plus autoritaire, plus sévère,

troisième moment, la voix si c'est ainsi, je vais devoir sévir, mon petit, je vais devoir vous punir, vous apprendrez qu'il y a des choses qui ne se font pas, tout ne vaut pas sauf en amour et à la guerre, vous apprendrez la roue des saveurs dans la modalité des vertus, ce qui passe beaucoup par la peau malheureusement, vous comprenez, certaines choses ne sont apprises que grâce aux punitions et aux récompenses, trouvez-vous que vous méritez une récompense, mon petit, non, madame la professeure, c'est clair que je n'en mérite pas, regrettez-vous votre conduite, oui, madame la professeure, allez-vous restituer ces objets à leurs propriétaires légitimes, non, je ne vais pas le faire, madame la professeure, en ce cas je vais devoir vous punir, mon petit, je me dirige vers la table de chevet où je garde un martinet de maître d'école, que les connaisseurs appellent chat à neuf queues,

je brandis le martinet, ses yeux salivent en l'apercevant déchaussez-vous, ôtez votre pantalon, ôtez tout de suite votre pantalon, vous connaissez la méthode, alors lui, soumis, agneau replet et impatient, s'acharnant avec ses doigts sur les pinces de ses bretelles, cette saloperie est coincée, murmure-t-il pour lui-même, ne réalisant pas qu'il quitte la peau de son personnage, mais je l'interromps aussitôt, qu'est-ce que c'est que ce langage, où vous croyez-vous ici, posez tout de suite vos mains sur le lit, courbez cette échine de pécheur, je vais vous punir si furieusement que vous allez regretter de ne pas vous être dévêtu plus vite pour recevoir les coups, alors lui, tout surpris,

mais,

il n'y a pas de mais, obtempérez, mon petit, allez,

on improvise

il se penche sur le lit et soudain il n'est plus qu'un sac de mulet prêt à recevoir une bordée de coups de martinet, pan, pan, pan, un, deux, trois, chut, je le somme de se taire, la punition se reçoit en silence,

je sais qu'il aime être dressé, contrôlé, humilié vous pensiez peut-être que j'allais être tendre, que vous pouviez compter sur la mollesse habituelle de mon cœur, pas du tout, mon petit, tout ce qui est pénible a une fin, à plus forte raison tout ce qui est bon, et puisque votre maman

élément fondamental à introduire en guise d'accélérateur au moment voulu

ne vous a pas élevé correctement, c'est à moi qu'il revient de faire de vous un homme convenable, n'est-ce pas, et à mesure que je lui inflige des coups de martinet, de plus en plus vite, de plus en plus fort, ses gémissements deviennent plus intenses, plus fréquents, il vibre et sue sang et eau comme un tonneau dévalant une rivière en cascade, je me colle à lui et je détache ses bretelles, puis je déboutonne son pantalon, sa braguette, et je me rends compte au passage que sa verge est au pinacle de sa grandeur, sanglée par ses vêtements,

on improvise, on improvise

déshabillez-vous, mon petit, je veux constater les dégâts, voir le fruit de mon travail, il baisse aussitôt son pantalon et sa culotte, dans sa fringale de coups, il ne sait plus où poser ses mains et il se rétame sur le lit, il est à genoux, pourquoi pas, ce tonneau de viande rose s'offre à moi sous un bon angle, je frappe fort, je frappe aussi fort que je peux, aujourd'hui tu vas y trouver ton compte, me dis-je, aujourd'hui tu vas être rassasié, il perd le contrôle de sa voix, silence, mon petit, du calme, j'insiste, silence ou j'arrête, je me permets de tomber le masque un instant, mais il est en roue libre, rien ne peut l'arrêter, il pleure sur le couvre-lit, passant des gémissements aux pardons, avec la même résignation

je le mérite, madame, je le mérite

j'attrape une de ses chaussettes, je lui en fais un bâillon, jambon à servir bien braisé, je lui murmure à l'oreille, inflexible,

il sait où je veux en venir, il sait à quoi s'accrocher, je poursuis en rythme de *be-bop*,

c'est aujourd'hui que vous allez apprendre à être un homme

c'est aujourd'hui que vous allez apprendre à être un homme

c'est aujourd'hui que vous allez apprendre à être un homme

c'est aujourd'hui que vous allez apprendre à être un homme

J'arrive au secrétariat avec le formulaire rempli par maman, premier choix, Droit, deuxième choix, Droit, troisième et quatrième, idem, au cinquième rang, Philosophie, sur mon insistance, je ne m'inscrirai pas si je ne peux pas faire au moins un choix, postuler, en fin de compte c'est moi qui vais devoir faire la licence, c'est moi qui vais devoir trimer jusqu'au jour de l'examen, plusieurs fois chaque année, laisse-moi inscrire au moins un choix romantique, on sait très bien qu'à moins d'une hécatombe je ne serai pas prise sur mon cinquième choix, j'ai une moyenne suffisante pour être prise sur l'un quelconque de mes quatre premiers choix, laisse-moi mettre ce choix pour faire semblant que j'ai eu quelque chose à dire, allez, maman, qu'est-ce que ça peut te faire, personne ne le saura, ce sera une petite blague entre nous, mais elle, inflexible, Eugénia, ton avenir n'est pas une blague, je regrette que tu n'aies pas encore compris ça à ton âge, ton avenir doit reposer sur une formation économiquement rentable, regarde les parlementaires, Eugénia, la moitié sont avocats, l'autre moitié sont ingénieurs, est-ce qu'il y a un seul philosophe, mais peut-être en faudrait-il un, j'objecte, sans réfléchir, Eugénia, pour l'amour du ciel, nous avons déjà eu ce problème de poésie, que nous avons heureusement réglé, nous avons déjà parlé de ton attraction pour cette licence et nous avons conclu que ce serait un mauvais calcul de ta part, dont tu aurais à te repentir toute ta vie, Eugénia,

tu as conclu, maman, et moi je ne suis pas d'accord,

parce que tu n'es jamais d'accord avec ce qui est raisonnable, tu vis dans ce rêve de te construire une carrière au milieu de tes étagères, en lisant tout ce que tout le monde a lu depuis deux mille ans, réinventant la roue, sans produire une seule ligne qui fasse avancer ce pays, le monde a déjà trop de penseurs, Eugénia, le monde a besoin de gens capables de décider et d'agir, de gens engagés politiquement,

comme toi, maman, je la coupe, parfaitement, Eugénia, comme ta mère, des gens pragmatiques qui n'ont pas peur de mettre la main dans le cambouis, qui n'ont pas peur de travailler pour le bien commun, et si ça te met le nerf romantique en émoi, c'est uniquement parce que tu n'as pas la maturité nécessaire pour comprendre l'éthique communautaire, tu n'es pas encore sortie de ta phase nombriliste où tu te crois le centre du monde, autour de quoi tout tourne et tout doit tourner, mais quand tu grandiras, Eugénia, quand tu grandiras, tu diras que j'ai raison et tu verras les choses comme moi, mot pour mot,

en ce cas, je ne veux pas grandir, murmuré-je,

Eugénia, ne me fais pas perdre la tête, tu as toujours l'âge de recevoir une correction, fais attention,

pardon maman, pardon, mais si ça ne change absolument rien, pourquoi m'empêches-tu de le faire, maman, je me pends à son bras, je me fais suppliante comme un jeune chiot, lâche-moi, Eugénia, quelle manie de t'accrocher à moi au moindre prétexte, si au moins il s'agissait de quelque chose d'important,

mais maman,

il n'y a pas de mais qui tienne,

mais maman, j'éclate en sanglots, hoquetante, je m'accroche à son bras malgré ses tentatives de secouer mon étreinte, mais maman, elle perd de plus en plus patience, Eugénia, pour l'amour du ciel, Eugénia, et moi toute en convulsions, en sanglots, mes pleurs pleuvent sur sa chemise impeccablement repassée,

mais, maman, alors elle, écœurée, dégoûtée, ça suffit, Eugénia, donne-moi ce maudit formulaire et finissons-en, ça n'a aucun sens, si tu veux une fois de plus aller dans le mur, comme toujours, ce n'est pas à moi de t'en empêcher, tu as l'âge de commencer à te conduire comme une adulte et à me soulager enfin de mes devoirs de mère, donne-moi ce formulaire, Eugénia, et mets-le en bonne place dans ta collection de trophées inutiles.

Je monte l'escalier perdue dans mes pensées et je tombe sur maman, assise sur une marche, je réprime un cri, elle doit m'attendre, elle devait être tellement furieuse qu'elle n'a pas pu rester à la maison, elle est sortie pour déambuler au hasard et quand elle a finalement compris qu'il était trop tôt pour que je rentre, elle est restée là, elle s'est assise en m'attendant, maman, dis-je, craintivement, maman, elle tripote un trousseau de clés, les clés de la maison, elle les passe en revue une par une, elle les compte comme si c'était des pièces de monnaie, puis elle en fixe une, elle l'observe, maman, je risque, maman, mamounette, elle lève les yeux, Eugénia, tu tombes bien, parce que je suis très fâchée après toi, ça fait plus d'une demi-heure que j'essaie d'ouvrir cette porte et je commençais à me dire : tu deviens folle, Virgínia, soit tu as une clé en moins sois tu as une case en moins, mais j'ai bien toutes les clés, donc ça doit vraiment être un problème de case, d'âge, puis je me suis souvenue d'une conversation que nous avons eue il y a quelques temps, Eugénia, sur la nécessité de changer le canon de la serrure depuis que tu as perdu les clés de la maison, pour la énième fois, alors tout est devenu clair, je me suis dit : c'est Eugénia qui est allée chez le serrurier pour régler le problème, mais elle a dû oublier sa maman, comme d'habitude, et elle n'a pas dit au serrurier de frapper à la porte puis de me laisser une copie de la nouvelle clé, pas vrai, Eugénia, c'est la seule explication, j'ai essayé toutes les clés, comme une idiote, mais aucune n'était la bonne, en plus je sais bien quelle est la bonne, Eugénia, encore une preuve que je ne suis pas folle, voici la clé de la maison, n'est-ce pas, elle brandit la clé de la porte de l'appartement et me la colle presque sur le nez, m'obligeant à faire un pas en arrière pour compenser ma myopie, oui, maman, c'est bien la clé de la maison, c'était la clé de la maison, m'interrompt-elle, mais plus maintenant, pas vrai, non maman, c'est toujours la clé de la maison, je n'ai pas fait réparer la serrure, ni changer le canon, tu vas bien maman, bien sûr que je vais bien, Eugénia, de quoi veux-tu parler, alors quel est le problème avec cette serrure, si tu n'as pas fait changer le canon, elle doit être abîmée, donne-moi ta clé, Eugénia, pour faire une dernière tentative avant d'appeler le serrurier, j'espère qu'il n'est pas encore fermé, il a des horaires bizarres et s'il commence à boire à midi, c'est fichu, on ne le voit plus de l'après-midi, il traîne de bistrot en bistrot et il faut aller à sa recherche, donne-moi la clé, Eugénia, maman, je l'interromps, effrayée, pas la peine d'essayer, mamounette, je parle comme si elle devait lire sur mes lèvres, le problème n'est pas la clé, maman, le problème c'est que nous sommes au troisième, ce n'est pas notre porte, mamounette, viens avec moi, allez viens.

Nous sommes allés en taxi à la maternité, il se disputait avec le chauffeur à cause de sa conduite, on ne veut pas mourir en chemin, lançait-il, n'allez pas transformer une naissance en enterrement, je sais ce que je fais, l'ami, la dernière chose que vous voulez, vous et votre dame, c'est que je sois votre seule assistance pour mettre le gamin au monde, compris, lui se cabre sur sa banquette en cuir, dodelinant de la tête en avant et en arrière, le lest mobile de l'alcool rend son équilibre chaloupant, bateau en papier porté par les vagues, il ferme les yeux puis il se laisse retomber contre la vitre, se résignant à jouer le sismographe pour les trous et les bosses de Lisbonne, insupportable tam-tam, arrêtez, arrêtez, il met sa main devant sa bouche, arrêtez, alors le chauffeur, à travers le miroir du rétroviseur, l'ami, si vous voulez vomir, vomissez à l'intérieur, parce que dans l'état où est votre dame, je ne vais certainement pas m'arrêter avant d'être à la porte de la maternité, vous m'entendez, il me regarde, solidaire, hochant la tête en signe de désapprobation, mais qui donc pense à se soûler dans un moment pareil, ma bonne dame, j'esquisse la charpente fragile d'un sourire carié de honte, d'autant plus que madame est enceinte et qu'elle peut avoir son bébé à tout moment, je vous jure que s'il n'y avait pas l'urgence, j'arrêterais la voiture pour réveiller votre mari à coups de gifles, parce qu'il y a des limites, murmure-t-il en écho, il y a des limites, moi, tordue de douleurs, je mesure l'intervalle de plus en plus étroit entre les contractions, qu'est-ce que j'ai fait pour en arriver là, mon dieu, je le retiens comme je peux par la manche pour qu'il ne casse ni la vitre de la portière, ni sa tête, à quel croisement de ma vie ai-je loupé les panneaux indicateurs, maudite vitesse qui nous fait passer en touriste devant les choses, tourne à droite, braque, finalement c'est une voie sans issue, déchire-toi contre les barbelés, évite les chiens, jette-leur des bouts de ta propre chair pour qu'ils s'amusent à se les disputer, tu auras le temps de récupérer par la suite, ou bien on te mettra du gros sel sur tes blessures, ça désinfecte, dit-on, si ça fait mal c'est que ça fait du bien, et toi tu te plains tous les jours de ne pas être capable de tracer une voie qui efface la géométrie du labyrinthe, une voie droite comme la justice divine, mais ta plainte n'en est qu'une parmi tant d'autres, elle se perd fatalement, comme toi-même tu te perds, double désordre concourant à la confusion du monde, je commence à avoir envie de pleurer, je retiens la digue à grand peine, je me mords les doigts, concentre-toi, localise la douleur, mords plus fort, mais cette saloperie a un ADN de tremblement de terre, elle m'envahit au point de me terrasser toute entière, je ne parviens plus à me contenir, je me rends à l'ultimatum, je pleure, je pleure, en silence, deux ruisseaux se rejoignent sur mes lèvres, lui se réveille, il recommence, arrêtez, arrêtez, arrêtez ou je vais.

C'est relativement facile, Eugénia, ce sont des catégories juridiques prévues par la loi, il y a les personnes partiellement hors d'état d'agir elles-mêmes et celles qui le sont totalement   alors le tuteur
naturellement toutes les décisions, spécialement celles
qui sont des actes d'aliénation du patrimoine
mais il n'y a rien qu'on ne puisse faire à condition
de car cela ne concerne pas uniquement les cas de

maladie comme celle de votre mère, mais également une série de   mais je ne vois pas ce qui interdit de, c'est une question de confiance et d'honoraires, bien entendu   mais ce sont des détails techniques, je peux vous expliquer en résumé   les accès   la fonction découle des caractéristiques de l'affaire   si c'est consubstantiel   alors nous confirmerons et nous conclurons   si nécessaire, nous parviendrons à un accord avec le ministère public, mais en toute hypothèse   si vous êtes   Eugénia plus calmement, ce n'est pas un problème.

J'arrive au secrétariat avec le formulaire rempli par maman, premier choix, Droit, deuxième choix, Droit, troisième et quatrième, idem, au cinquième rang, Philosophie, sur mon insistance, la dame du guichet, mademoiselle, mademoiselle, je reste immobile en la regardant, mademoiselle, donnez-moi le formulaire, vous voyez bien la queue derrière vous, on ferme à quatre heures et j'ai encore plein de dossiers à traiter, mademoiselle, vous m'entendez, je ne dis rien, j'ai fermé boutique, aidez-moi notre dame du bon secours, où suis-je et qu'est-ce que je fais là, Droit, je pense, Droit Civil, Droit Constitutionnel, Droit de la Famille, des pavés de législation tellement serrée que tout peut vouloir dire le contraire de tout, prends-moi ces manuels et fais-moi le plaisir d'apprendre toutes les pages par cœur, ligne par ligne, mot par mot, jusqu'à ce que tu sois capable de les recracher machinalement à quatre-vingts à l'heure, rédige-moi ce rapport, signe-moi cette connerie, certifie-moi ce document, compile-moi ce dossier, commence par tout réfuter mais accepte de transiger en marge du tribunal, apporte-moi un café, apportes-en deux car j'ai un visiteur, n'oublie pas, sans sucre pour moi, bouge-toi, une fois dans ta vie, pense à ton salaire, aux commissions, aux défraiements, à la voiture et au téléphone de fonction, tu vas voir ce monsieur, à cette adresse, et tâche de le sortir d'affaire, c'est personnel, va voir celui-ci en garde-à-vue, tu appelleras l'avocate désignée pour les conditions de détention, pour la cellule, et pour ceux qu'on a mis avec ton client, assure-toi que tu prends bien les certificats médicaux, l'électrocardiogramme où saute une escarbille d'angine de poitrine, apporte-lui aussi ses cachets, qu'il en prenne un dès que tu arrives, effraie-les, dérange-les, fais comprendre à ce père que la meilleure façon qu'il a de revoir son fils c'est de signer l'accord de partage le plus vite possible, tires-en le plus que tu peux, ne desserre l'étau qu'une fois qu'il sera totalement à terre et ruiné, en pleurs sur la table de réunion au prétexte qu'il ne mange plus, qu'il ne dort plus, qu'il l'aime encore, attends le moment où il te dira combien son fils lui manque, et comment il l'endort chaque nuit en lui lisant une histoire, prends-le à la gorge à ce moment-là, plume-le complètement, ne lui laisse rien, juste ses poils pour habiller sa carcasse comme si elle était toujours habitée, allons voir les Chinois, allons courtiser les Allemands, nos amis angolais ont besoin de nous, ouvre la porte à ces messieurs qui sont nos premiers clients suédois, ils veulent des conseils pour acheter quelques propriétés, ce sont des investisseurs, des gens qui ont du pognon, du fric, du flouze, du pèze, emmène-les dans ce bar sympa avec les filles ukrainiennes, prends la clé de la décapotable, montre-leur Lisbonne de jour, parle-leur de la lumière, de Byron, du tremblement de terre et du saint connétable*, allez dîner dans une maison de fado, téléphone et dis-leur que tu viens de ma part, privatisez le lieu pour vous tout seuls, donne-leur un aperçu de Pessoa, de Camões, d'Amália, de Fernando Maurício, d'Eusébio, si tu vois qu'ils sont très politiquement correct, évite de l'appeler la panthère noire, bouge-toi car il faut que tu sois ici demain matin pour t'assurer que les déménageurs n'oublient pas une caisse de dossiers, qu'est-ce que tu crois, on travaille ici, il ne s'agit pas de faire de la figuration derrière ton clavier ou à la barre du tribunal, ma petite, on travaille dur ici,

je me suis trompée, madame, je me suis trompée en remplissant le formulaire, en vérité il n'y a qu'un choix qui est bon,

mais en ce cas, il faudra retourner à la fin de la queue, mademoiselle, ça ne fait rien, dis-je, plutôt la fin de la queue que la fin de la vie.

* Nuno Álvares Pereira (1360-1431), connétable du Portugal, fut le héros des troubles liés à la crise dynastique de 1383-85, qui se solda par une victoire des Portugais sur les Castillans et l'avènement de la dynastie d'Aviz.

Ça fait six heures que je suis dans la salle d'attente de la maternité, en fin de compte ce n'était pas si pressé ni si urgent, certaines femmes sont venues qui n'ont pas même eu le temps de chauffer leur siège, alors que moi je me morfonds, je me ramasse puis je m'étire comme un yo-yo nerveux, il doit être dans la salle d'attente, peut-être endormi dans un coin, ses habits sales de vomi de bouillon et de vin rouge, les gens font un cordon sanitaire autour de lui, une infirmière ou une aide-soignante, excusez-moi, mais vous ne pouvez pas rester ici dans cet état, allez au moins aux toilettes vous débarbouiller, lavez-vous le visage, nettoyez ces restes de poulet sur votre chemise, rhabillez-vous, fermez votre braguette, quoi, la braguette, je l'imagine qui chuchote, une main en porte-voix, l'autre pointant vers sa ceinture, et lui, encore hébété par la boisson, ou alors entamant un cycle court de gueule de bois, quoi, rien, rien, je tire toujours les bons numéros, l'aide-soignante s'éloigne d'un pas rapide, les gens n'ont aucune idée de ce qu'est une maternité, deux femmes acquiescent d'un hochement de tête, moi je compte les points noirs sur le carrelage, cinquante-deux, cinquante-trois, cinquante-quatre, une infirmière passe devant moi, alors, comment ça va, mais elle poursuit son chemin sans s'attarder, elle lance sa question comme un bouquet de fleurs, j'essaie quand même de lui répondre, j'ai déjà été mieux, vous croyez que ça va durer encore longtemps, les contractions sont de plus en plus rapprochées, une femme à ma droite, c'est votre premier, n'est-ce pas, oui, je réponds, elle me sourit, tout va bien se passer, ils ont l'air distraits comme ça, mais en fait ils passent parmi nous comme les touristes dans les pays où les enfants sont affamés, ils s'écartent, ils repoussent nos mains suppliantes, ils nous ignorent parce qu'ils savent que nous allons bien, que notre heure n'est pas encore venue, qu'ils ne peuvent rien faire pour nous avant que ce soit le bon moment, moi, pliée en deux comme une vieille malle débordant d'habits par la bouche, mais c'est quand le bon moment, je pose la question, comment puis-je le savoir,

mettez la main, ma chère,

comment ça,

allez aux toilettes et mettez la main, voyez si vous sentez sa tête, comptez les doigts,

comment ça ?

La plupart du temps, nous n'avons pas conscience du tournant de notre vie, du virage soudain qui nous fait perdre la trace et le nord de ce qui nous servait de phare, ce n'est que plus tard, bien plus tard, une fois délestés des illusions juvéniles sur le bonheur et l'achèvement, que nous contemplons en contre-plongée le moment terrible où l'imposition d'un choix nous a poussés sur le sentier de perdition et de souffrance qui constitue notre pain quotidien, mais il est trop tard, irrémédiablement, et certains d'entre nous sombrent dans le marécage où tous les autres paraissent avoir pied, d'autres renoncent à l'obstacle du choix et naufragent lentement dans le vin, d'autres encore perdent l'usage des muscles du sourire et gravitent en berne le restant de leur vie, volontairement réduits à une forme d'humanité si spartiate que la vie semble être pour eux comme la pénombre pour la lumière.

Si la vie durait toujours, peut-être pourrions-nous tous être princes ou astronautes, peut-être le temps finirait-il par corriger en silence nos mauvais choix, ou bien peut-être finirions-nous dans ce cortège de mollusques au ras du sol, avalant du sable en silence jusqu'à ce qu'il ne nous reste plus qu'une grenaille homéopathique impossible à régurgiter, mais peut-être est-ce là le plan divin depuis toujours, nous obliger à vivre assez longtemps pour en venir, au terme d'une progression aussi infinie qu'irréversible, à barboter dans la vase. Ève bénie. Une voiture passe, puis deux, puis trois, puis un flot de gens déboulant en rythme à la marée du feu rouge, l'un d'entre eux pourrait me remarquer, s'apitoyer sur mon sort, m'emmener chez lui comme un petit chat orphelin dans une boîte en carton puis me nettoyer les yeux, veiller sur mon sommeil inquiet et, d'un revers de main, changer l'inclinaison de cette pente que je dévale. Monsieur, laissez-moi aller avec vous.

C'est dans cette région périphérique du corps où la peau est effleurée par la brise que naît l'autre, ouvrant ainsi la boîte de pandore des émotions qui perturbent notre carcasse, depuis la beauté fugace que nous nous dépêchons de clouer par les ailes dans de petites boîtes

entomologiques que nous contemplerons pendant le lent râle de la vieillesse, jusqu'à l'amour, que tout le monde connaît depuis que Shakespeare l'a totalement déshabillé dans Roméo et Juliette, afin que n'en reste aucun mystère, et même après avoir perçu son énorme toxicité addictive, nous continuons à le rechercher, à le désirer, à lui prêter une valeur absolue au-dessus de toutes choses, et même dieu, qui pourtant n'a besoin de rien, nous a créés pour que nous l'aimions et qu'il évite de s'effondrer sous le poids de son propre ennui.
Une voiture passe, puis deux, puis trois, mais rien ne change, je pourrais rester assise ici toute ma vie, à me ratatiner avec une langueur de vieil arbre, les gens, habitués à mon immobilité, ne me distingueraient pas d'une poignée de porte, d'un trou dans le sol, d'une feuille voletant au gré du vent, je pourrais mourir ici, soudainement, saisie par une de ces attaques qui tuent avant même qu'on tombe à terre, personne ne s'en apercevrait, ou peut-être seulement un enfant, aussi curieux que vierge de cette méfiance sociale dont nous couvrons nos épaules chaque fois que nous sortons de chez nous, ce serait une empathie de courte portée, non seulement parce que la plupart des enfants ignore les profondeurs dans lesquelles la douleur se réfugie lorsqu'elle est bien nourrie, mais parce que la main leste de la progénitrice aurait tôt fait d'éloigner son petit de cet autre qui, sous la forme éphémère de l'inconnu, prend toujours le visage de la contagion.

Animaux attendant la rédemption de l'éperon, nous paissons dans une harmonie méfiante, chacun de nous ayant son petit plan de carrière, plus ou moins dissimulé, sans cesse à la recherche de l'orientation solaire, de l'azimut dans lequel converge tout le possible et tout le bien, nous regardons vers le ciel à la recherche de signes, à la recherche d'une grammaire qui explique une fois pour toutes cet espace interstitiel entre le sens et l'absurde, dans quoi nous avons été jetés et que nous sondons à tâtons comme des aveugles.

Les hommes montent les escaliers, haletants, puis ils les redescendent avec une table sur le dos, tenant un canapé du bout des doigts, l'un d'eux parfois trébuche et laisse tomber un vase, alors le chef rapplique aussitôt, tout est déjà payé, empoté, je vais te retenir cette saloperie sur ta paie, puis dès que cesse l'engueulade, le va-et-vient reprend, voici un tapis rapporté de l'Algarve, voilà un grand vase dans lequel j'ai laissé un jour tomber les clés de la maison que maman m'a obligée à chercher pendant plus d'un mois, répétant sans cesse à chaque fois qu'elle passait devant : si quelqu'un entre ici, Eugénia, deux femmes seules, ils peuvent nous emmener et faire de nous ce qu'ils voudront, tu es une étourdie, Eugénia, sans moi, tu vivrais dans la rue la main tendue en attendant la charité d'une soupe froide.

Un grand lampadaire, laid comme une nuit d'orage, frôle la voiture du nécrophage qui contemple tout ce manège assis en fumant cigarette sur cigarette et en se curant le nez, tançant vertement de temps à autre l'un des pauvres types qui se traînent sous un soleil de plomb, ou bien se plaignant des nombreuses pauses clope des gorilles de service.

L'ambulance arrive, je me lève, je n'en ai aucune envie, mais je me lève et je vais parler au brancardier qui me tend aussitôt un papier qu'il me demande de signer

vous voulez qu'on l'emmène là-haut, mademoiselle

non, dis-je, elle va rester ici, on va profiter de la brise de la rue, là-haut il fait trop chaud, alors ils l'amènent dans un fauteuil roulant, ses yeux fixent un point indéterminé de l'horizon, elle a le visage de quelqu'un qui s'est infiniment égaré, ses mains tremblent sur ses jambes de plus en plus maigres, vous pouvez l'asseoir ici, dis-je, dès qu'ils s'éloignent je m'assieds près d'elle et nous assistons toutes les deux à cette procession de décombres, la maison peu à peu évacuée sur le dos de ces fourmis payées moins de cinq euros de l'heure, des bibelots accumulés par le laisser-aller de ne jamais rien jeter, des livres de cuisine jaunis d'où on n'a jamais recopié la recette du fameux jarret de porc que faisait grand-mère, les petites chaises de paille sur lesquelles j'ai passé des journées entières, punie pour m'être laissé distraire pendant un cours ou bien pour avoir taché ma robe sur le chemin du retour, le balai serpillière que je retroussais pour en faire mon partenaire dans les valses imaginaires que je dansais quand maman était absente, des cartons et des cartons pleins à craquer de casseroles et d'assiettes, des choses où le passé a fixé son ancre et qui nous abandonnent aujourd'hui sans la délicatesse d'un adieu. *Nous sommes des chiens qui rongent des maladies*[7].

Nous percevons parfois le moment précis de la chute : des analyses de routine que nous consultons sans illusion, juste pour nous rendre compte, avant même le diagnostic officiel, que notre immortalité a pris fin, le coup de téléphone qui termine l'amour d'une vie, cet arrière-goût amer dont nous ne nous débarrasserons plus jamais, une lettre arrivée d'un pays au nom imprononçable lestée de toutes les excuses du monde, la mort s'insinuant sournoisement dans notre corps par la plante des pieds, puis faisant patiemment son nid dans notre cœur, s'y logeant comme une carie.

Elle pose sa tête sur mon épaule et je lui dis tout bas : tout va bien se passer.

S'il te plaît ne ferme pas la porte, Eugénia, s'il te plaît, laisse-moi juste te parler, je suis déjà venu une demi-douzaine de fois, mais tu n'es jamais là et j'ai pensé

j'en suis baba, le menton béant vers le nombril, je me demande comment ce type a le toupet de venir ici, cette crapule en qui j'ai appris à avoir confiance comme si c'était mon père, ce type que j'ai croisé des dizaines de fois dans le couloir mal éclairé qui menait au bureau de ma mère, en retard comme toujours, perdue devant une avalanche de papiers menaçant de tout ensevelir, j'emmène la petite au square, dona Virgínia, puis il me prenait par la main jusqu'à un bac à sable minuscule d'où jaillissaient deux balançoires toutes rouillées qui grinçaient comme les portes dans les films après dix heures du soir et dans ce minifundium nous expérimentions ma version abrégée du bonheur : les après-midi d'été et leur lumière généreuse, le vent sur mon visage, les allers-retours de la balançoire, mes doigts lâchaient la chaîne plastifiée que je prenne l'envol possible des enfants, Miguel était toujours inquiet,

fais donc attention, si tu te blesses, dieu sait ce que ta maman me fera

puis nous retournions à la mairie, Miguel m'enlevait soigneusement le sable des pieds,

ne dis pas à ta mère que je t'ai laissée marcher pieds nus dans le sable, tu sais bien qu'elle n'aime pas du tout ça

et je m'ankylosais encore pendant une heure dans ce couloir, car il y avait toujours des choses à faire, des choses en retard, des choses bien plus importantes que le bonheur d'une enfant qui, très tôt, a appris la diplomatie de l'aridité.

Je ne sais pas quoi vous dire, Miguel, enfin, après ce qui s'est passé, je pensais que vous n'auriez pas le culot de venir frapper à notre porte, alors lui, regardant ses souliers, Eugénia, Eugénia, il balbutie, tu as en partie raison, mais il y a beaucoup de choses que tu ignores, beaucoup de choses que tu ignores, entre ta mère et moi, elle a toujours voulu te protéger, maman a une façon très particulière de protéger, Miguel, je ne crois pas qu'il faille faire un dessin, non, dit-il, excuse-moi, je ne veux pas t'embêter, je sais que je n'ai pas été correct, je sais que tu as vu ce que tu as vu, moi, prête à lui claquer la porte au nez, toute concentrée sur ma respiration, toute en mode zen de pacotille, dans ma tête défilent des *youtubes* avec des vieux chinois qui tiennent des tasses en équilibre sur leur tête au milieu d'un jardin rempli de cygnes,

Miguel, je vais devoir vous demander de partir, comme vous savez, maman n'est pas en état de recevoir et moi, de mon côté, je n'ai rien à vous dire, lui, tout grimaçant, mante religieuse tendant ses pinces suppliantes,

s'il te plaît, Eugénia, tu ne sais pas combien elle me manque, tu ne sais pas, parce qu'elle ne t'a jamais dit ce que nous étions l'un pour l'autre,

il décline un soupir, baisse les yeux, la sueur perle sur son front

ta mère et moi, Eugénia, ta mère et moi sommes amants, il y a longtemps que nous sommes amants, depuis que nous avons commencé à travailler ensemble, je l'interromps, je n'en sais rien, je pense, je ne veux pas le savoir,

la plupart du temps maman ne se rappelle pas qui je suis, Miguel, elle ne se rappelle pas qui je suis, elle me dit de sortir car elle ne veut rien acheter, elle m'envoie des choses à la tête, ma mère, Miguel, n'existe plus beaucoup et le mieux que nous pouvons en avoir, c'est encore le souvenir de ce qu'elle a été mais je veux juste la voir, s'il te plaît, Eugénia

il n'y a pas de mais, Miguel, je lui ferme la porte au nez.

Je ne comprends pas, Eugénia, je ne te comprends pas, ta seule réaction devant l'intimité c'est de fuir, de détruire, d'éloigner, je crois que nous nous connaissons depuis assez longtemps pour ne pas faire semblant, à moins que je me trompe aussi sur ce point, dis-moi, tu me dois au moins une réponse honnête, bon sang, et à mesure que je parlais, ses yeux hésitaient entre regarder le sol et chercher les miens, Vítor fumait cigarette sur cigarette, il en allumait une avec la précédente, si parfois l'habitude tabagique ne me faisait ni chaud ni froid, ce jour-là c'était comme si je voyais mon père remplir ce cimetière de mégots dans la courette que ma mère m'obligeait à nettoyer chaque matin, l'odeur pestilentielle du tabac se mêlant à l'ingestion ou à la digestion de ma tasse de lait : je le ferai à mon retour, maman, mais elle répondait toujours, pas question, et si nous avons de la visite, Eugénia, tu ne sors pas d'ici sans t'occuper de cette saleté, prends donc ce récipient et débarrasse-moi de ça dans les ordures, dehors, je ne veux pas de cette odeur dans ma cuisine, tu comprends, alors j'y allais, emportant la petite gamelle, un fond de bouteille d'eau de javel dont il ne restait ni couleur ni saveur, dégoûtée comme une femme enceinte, récoltant les yeux fermés cette moisson malodorante, les mauvais jours, l'acide gastrique me remontait par l'œsophage et je me retenais jusqu'à ce qu'il ne manque plus qu'une demi-douzaine de mégots, puis je continuais en apnée, les joues remplies comme un crapaud, les mains tâtonnant nerveusement dans le sable de peur d'ouvrir les yeux pour découvrir que les mégots se sont multipliés en l'absence de regard, puis avec un peu de chance je parvenais à me relever à temps pour reprendre mon souffle et je tendais le bras le plus loin que je pouvais pour éloigner l'odeur, je traversais la cuisine en courant, je sortais de la maison en courant, j'allais dans la rue en courant, ne me souciant pas de semer quelques mégots sur mon passage jusqu'à la poubelle, puis je souriais d'aise en refermant le couvercle, mais quand ça ne se passait pas bien, je n'avais pas le temps de me relever et de courir vers la sortie, je restais là, volontaire, jusqu'à ce que mon dégoût se confonde avec le manque d'air, l'un et l'autre concourant à la débâcle, renonçant, je me laissais tomber sur le cul, parfois j'avais encore le temps d'inspirer avant de vomir, parfois je n'avais pas encore bu mon lait et ça prenait un peu plus de temps, quelques renvois de suc gastrique, parfois c'était le petit-déjeuner tout entier, un pain à l'huile d'olive avec de la sauce blanche, je restais là, parfois je pleurais de rage, d'autres fois je pleurais m'apitoyant sur moi-même, d'autres fois encore je pleurais seulement de soulagement, des pleurs bons et tendres qui se confondaient avec un sourire, il fallait que ça m'arrive maintenant, pensais-je, Vítor me regardait, stupéfait, pleine de vomi sur mon pantalon, tu es folle, Eugénia, tu es complètement folle, pas du tout Vítor, pensais-je, pendant qu'il me tournait le dos dans un au revoir des plus improbables, non Vítor, je suis dans un mauvais jour, parfois ce n'est qu'un mauvais jour, on ne parvient pas à se redresser à temps.

Même dans la dèche je tiens à l'emmener à la plage, après tout elle est en vacances, elle a besoin de prendre le soleil, de sortir de chez elle, de voir des filles de son âge, de grandir, de prendre un peu soin de sa façon de s'habiller, de ses cheveux, de son poids, mais elle a à peine étendu sa serviette, qu'elle prend un livre, une ineptie quelconque traduite de l'allemand vers le français, puis du français vers le brésilien, elle m'en lit parfois des passages, transportée par l'aridité du texte, avec ses mots en italique, elle frissonne chaque fois qu'elle prononce les mots métaphysique, ontologie, essence, croassement de sorcière de bibliothèque, concepts à vous faire attraper un scorbut de cerveau, le desséchant jusqu'à n'en faire qu'une masse exsangue d'où pendent des stalactites, Eugénia, lui dis-je, profite du soleil et de la brise marine, tu es pâle comme la mort, lâche cette cochonnerie et va au moins te mouiller les jambes, c'est bon pour les varices, il n'est pas normal qu'une fille de ton âge ait des varices, Eugénia, tu ne passes même pas tant de temps que ça debout, peut-être faudra-t-il en parler au pédiatre la prochaine fois que nous irons le voir, qu'en penses-tu, elle ne dit rien, elle ne quitte pas sa page des yeux, en fait elle ne m'a même pas entendue, une fois de plus, et moi qui insiste pour l'emmener ici en dépit du prix de l'autobus et des deux beignets en fin de journée, je pourrais rester à la maison pour rattraper le travail en retard, pour ne pas arriver comme toujours à la fin du mois en comptant les centimes, car tout augmente, comme chacun sait, c'est l'inflation, les salaires disparaissent comme l'eau dans un siphon, cette gamine est incapable de se rendre compte des sacrifices que je fais pour elle, pour qu'elle ait de la nourriture dans son assiette, depuis que son père l'a abandonnée, elle ne picore qu'un grain ou deux avec un dégoût de moineau, elle égrène le contenu de son assiette jusqu'à faire de la morue et des pommes de terre une carte du Portugal, je peux me lever de table, maman,

non, Eugénia, tu ne peux pas, tu dois finir ce que tu as devant toi, il y a plein de gens qui ont faim, Eugénia, tu n'as pas le droit de les outrager en refusant de manger, regarde ailleurs, Eugénia, lève les yeux de tes bouquins car ils ne t'apprendront rien, écoute les gens, fais attention à eux, vois comme nous sommes tous reliés par tant de points communs, la famille, le travail, les maladies et la souffrance, la tranquillité issue de la satisfaction de nos besoins vitaux, manger, dormir, boire, avoir un toit et de quoi se vêtir, avoir des gens qui se préoccupent de notre présent et de notre avenir, pense au miracle de la naissance, Eugénia, deux personnes concourant à la naissance d'une autre qui ne se bornera pas à être seulement une autre, mais aussi l'espoir que l'avenir puisse finalement racheter le passé, que quelqu'un vienne enfin interrompre la suite de naissances et de morts en mode de survie, tu comprends Eugénia, Jésus, Eugénia, Jésus, fils d'un charpentier et d'une femme du peuple, c'est encore l'événement le plus extraordinaire de l'histoire de l'humanité, toujours dédaigneuse dans sa manie de la contradiction,

sur un plan technique, le père c'est dieu, n'est-ce pas, maman, alors moi, sans la moindre patience pour ces sottises de l'essence et de l'existence, de la façon particulièrement notable, comme elle disait, suivant laquelle la transsubstantiation s'accomplit sans que les identités se perdent, sans qu'elles se mélangent et sans qu'elles se substituent l'une à l'autre, ça suffit, Eugénia, redescends sur terre, je te montre la Lune, Eugénia, et tu ne sais que me parler du doigt, sois une personne normale, une fois de temps en temps, essayons d'avoir une conversation d'adultes, puisque tu aimes tant vanter ta maturité par rapport à tes collègues d'école, tu m'entends, Eugénia, et n'en pouvant plus de ce cirque, je lui arrache son livre des mains puis je le jette à la mer, la voilà qui court après, pourquoi as-tu fait ça, maman, je souris, finies les excuses, la température de l'eau, les cheveux qui sèchent pleins de sel, les gens qui l'éclaboussent exprès, elle nage à présent, je rigole, comme un chien, c'est vrai, mais elle nage.

Le portable sonne, je regarde l'écran mais je ne reconnais pas le numéro, malgré tout je réponds allô, j'interroge, à l'autre bout du fil, une voix absente me demande, si c'est bien moi, une voix si ténue que personne ne semble habiter,

Eugénia, ici Jorge, le mari de Joana, je comprends tout de suite, même sans connaître, ni Jorge, ni sa voix, que quelque chose ne va pas, Joana n'est pas venue aujourd'hui, Joana a son portable débranché alors, craintivement, je pose les questions d'usage, tout va bien, vous avez besoin de quelque chose, j'ai bien remarqué l'absence de Joana, je continue, elle ne manque pas souvent, moins encore sans donner de raison, sans prévenir, et Jorge, probablement incapable de débiter l'ensemble des circonstances à travers lesquelles son propos finirait par se frayer un chemin

Joana ne viendra pas aujourd'hui, en fait Joana ne viendra plus

je ne dis rien, je ne comprends pas, je ne sais pas quoi dire et finalement

je ne comprends pas, Jorge, quelque chose ne va pas avec Joana, avec Henrique, et Jorge, du fond du puits d'où il me parle, de la voix tremblante d'un enfant à qui on montre le monde entier d'un seul coup, Henrique n'est pas, il bégaie, Henrique, enfin, il y a eu une complication et maintenant, je veux dire, depuis ce matin, il n'y a plus de Henrique, Henrique est mort, Henrique est mort, et moi je ne sais pas quoi faire, quoi dire, comment interrompre ce silence *comme du plomb fondu dans la gorge* [8], et Joana, Jorge, à quoi il répond, épuisé : Joana ne viendra plus.

Quand on l'a posée sur moi, j'ai dit, s'il vous plaît, non, je suis très fatiguée, laissez-moi juste me reposer un peu, je m'en occuperai après, mais vous ne voulez pas la voir, crie la matrone pendant qu'elle plie les draps du lit, ce n'est pas ça, réponds-je, je suis fatiguée, ça a duré des heures, j'ai besoin de prendre un bain, ça ce n'est pas pour aujourd'hui ma chère, lance une autre, j'ai besoin de me coucher, mais ça fait un bon moment que vous êtes couchée, dit la première, à l'hilarité générale, puis elles posent le bébé sur la table d'accouchement, entre mes jambes, j'ai peur de l'écraser ou de le faire tomber par inadvertance, vous êtes sûres que vous ne voulez pas m'aider avec le bébé, je pose la question, ce n'est peut-être pas la meilleure position pour le transporter, mais elles cancanent entre elles, indifférentes à mes angoisses de débutante, elles m'emmènent dans une salle où il y a déjà six femmes en plus de moi, certaines dorment, d'autres donnent le sein, l'une d'elles, seule, la main sur un berceau inhabité, regarde le plafond, il me semble qu'elle est en train de murmurer quelque chose, vous allez rester ici, jeune femme, elles m'enlèvent le bébé d'entre les jambes, je peux enfin bouger, allez hop, dit l'une d'elles, nous n'allons pas vous porter dans nos bras jusqu'à votre lit, vous êtes en état de marcher, je me lève, péniblement, les jambes en coton, la tête me tourne, je suis exsangue après l'effort de pousser, je fais deux pas puis je chancelle, heureusement que je suis à côté du lit, je m'accroche à un barreau en fer, je me hisse comme je peux, aidez-moi s'il vous plaît, dis-je, mais elles rien, elles continuent à parler de leurs petits potins, l'une dit être très bonne pour lire dans les lignes de la main, elle en a déjà vécu, mais en ce moment elle a la poisse, ses planètes ne sont pas alignées, elle ne discerne plus, elle n'atteint plus, elle ne traduit plus, aussitôt une autre lui propose d'essayer sur elle, sans aucun engagement, dites-moi seulement si j'aurai la santé, je me fiche des hommes, de l'agent ou des bijoux, la santé c'est le plus important, alors l'autre, faisant la difficile, je ne sais pas si j'en serai capable, je peux essayer, juste pour vous rassurer, oui, faites voir votre main, moi, je me tortille pour me soulever, je compte les secondes prête à abandonner cette forme décadente d'alpinisme et à me laisser finalement tomber, mais je sens que quelqu'un me tire par le bras, la femme du berceau vide, merci, dis-je, pendant qu'elle me traîne sur le lit avec une facilité déconcertante, merci, mais elle ne répond pas, elle ne me regarde même pas, elle m'aide à monter, elle range mes jambes fourbues pour les mettre droites, bien alignées sur le lit, elle arrange mes vêtements et va jusqu'à écarter une mèche de cheveux de mes yeux, sans jamais me regarder directement, sans me laisser trouver l'écoutille par laquelle le monde extérieur s'engouffre en elle, peut-être le ferais-je aussi maladroitement que l'autre qui promet un avenir radieux sur des plages de l'Algarve, loin des tuberculoses et des cancers, loin des fauteuils roulants qui dessinent des idéogrammes en caoutchouc dans les couloirs, loin des tables en acier sur lesquelles les chirurgiens s'amusent à tatouer des cicatrices sous un faux plafond, elle disparaît, regagne son lit et la position horizontale en scrutant le plafond, la main droite sur le berceau vide, sa bouche articule de façon autonome une cascade de mots inaudibles, vous voyez comme c'était simple, avance une des matrones, revenant du jeu de la bonne aventure, nous allons chercher votre mari pour qu'il voie la petite, il est là, oui, dans la salle d'attente, va chercher le mari de cette dame, Antónia, et voilà Antónia empruntant le couloir d'un pas rapide, pour revenir peu après avec lui, tout sale et dépeigné, donnant clairement à voir sa gueule de bois, incapable de remarquer autour de lui les regards dégoûtés, le mépris, la répugnance des autres envers cet homme tout tâché de vinasse titubant dans l'infirmerie soudain silencieuse, il arrive près de nous en faisant une tête d'examinateur, qu'est-ce que vous m'avez fait, voyons voir, les mains, les pieds, le visage joufflu encore exempt d'émotions, qu'est-ce que tu nous as fait, Virgínia, une fille, dis-moi que ce n'est pas une fille, Virgínia.

Nous montons les escaliers lentement, très lentement, elle trébuche de temps en temps sur une marche mais je la soutiens et je l'aide à se redresser pour continuer,

il ne manque plus que deux paliers pour atteindre le troisième étage, quand elle retrouve son souffle il lui arrive de demander : où allons-nous mademoiselle, je lui souris, je lui dis oui de la tête et ça suffit pour la calmer, nous grimpons, marche après marche, en nous rapprochant de la porte du troisième gauche, on y est presque, dis-je, on y est presque, elle me regarde avec son regard déphasé derrière lequel on ne devine aucun filament de conscience, parfois j'ai envie de la secouer pour que les pièces détachées se remettent en place, la secouer jusqu'à ce que ce pantin inarticulé que je traîne par le bras retrouve un accès de lucidité, mais c'est un exercice aussi vain que de secouer une boîte de lego dans l'espoir d'en faire sortir une pyramide parfaite.
Je cogne à la porte avec mes doigts, car la sonnette ne marche pas, cordonniers les plus mal chaussés, me dis-je, un mioche d'une dizaine d'années, plus ou moins, vient ouvrir la porte, les mêmes lèvres, les mêmes yeux, les mêmes jambes toutes fines et arquées comme deux bambous bossus se tournant le dos, un *mini-moi* de son père qui nous regarde à peine et crie vers la salle à manger, papa, il y a deux femmes que je ne connais pas, à quoi on répond : et bien, demande-leur ce qu'elles veulent, mais l'enfant, confus, réplique : mais tu m'as dit de ne pas parler à des étrangers, papa, on entend une voix de femme : Ani, lève-toi et va voir ce que c'est, je rigole : « Ani », dis-je intérieurement, je ne peux m'empêcher de rire, c'est dans cet état qu'il me trouve à la porte, il chasse l'enfant d'un geste de la

main, suspendue à mon bras, maman ne comprend pas que c'est lui, pas plus que lui, dans un premier temps, ne comprend qui nous sommes, il demande : en quoi puis-je vous aider mais, même si cela prend plus de temps que je n'aurais cru, le tilt finit par se produire, alors le sourire qu'il apportait de la salle mollit pour muer en trait inexpressif, le voilà transformé en statue de sel sans initiative, je donnerais beaucoup d'argent, si j'en avais, pour savoir ce qui peut bien lui passer par la tête en ce moment, tout un pan de vie enterré comme un cadavre qui resurgit soudain pour venir hanter le nerf de sa culpabilité et le muscle de sa tranquillité, nous voilà, dis-je en moi-même, tu croyais pouvoir te cacher à jamais, sans prononcer une syllabe, il ferme lentement et machinalement la porte, nous restons chacun de notre côté, la famille ancienne dehors, la nouvelle famille dedans, containers hermétiquement scellés sans voies de communication, comme il a certainement imaginé que serait le reste de sa vie sans nous, alors j'envoie une pluie de coups sur la porte, laissant éclater une fureur trop longtemps contenue, je le traite de tous les noms qui me viennent à l'esprit, parce qu'au fond de moi j'avais l'espoir qu'il nous adresserait au moins la parole, qu'il nous demanderait pardon, qu'il nous aiderait peut-être à retrouver le chemin de retour à la vie, maintenant que nous sommes sans argent, sans logement, sans espoir, mais il s'est contenté de faire ce qu'il a toujours fait : détourner les yeux du problème, les enfouir dans un lieu où il compte bien ne jamais revenir et faire semblant que tout va bien, que même s'il a piétiné tous les cœurs où il a laissé sa marque, tout finira par s'arranger, parce qu'il se permet d'atteindre le niveau neuf sur l'échelle de Richter de l'égoïsme, une insensibilité qui frôle la sociopathie, un dédain souverain envers tout ce qui ne tourne pas en orbite autour de son nombril, et pendant que je laboure sa porte comme je devrais lui labourer la figure, maman, revenant à la surface en terrain incertain, arrête mon geste et me demande :

Eugénia, si ton père te voyait maintenant ?

Je suis arrivée à la maison et elle n'était pas là, je l'ai cherchée partout, maman, maman, mamounette, rien, il est encore tôt, je vais lire, je vais préparer mon cours de demain, j'ai quelques textes à traduire, mais en vérité attendre n'est pas mon fort, je ne parviens pas à me concentrer sur le papier tout en me demandant où elle peut bien être, elle perd de plus en plus la mémoire, elle est plus distante, on dirait un chat qui vient d'arriver à la maison, qui découvre tout pour la première fois, qui s'effraie au moindre bruit de fenêtre qu'on ferme, courant se cacher sous la commode, je décide de sortir, je descends l'escalier pour aller à la pharmacie, non mademoiselle, votre maman n'est pas passée, mais vous êtes sûrs, j'insiste, elle avait une préparation à venir chercher, sûrs et certains, mademoiselle, après la pharmacie, je file au supermarché, après le supermarché, à la boucherie, mais rien, ronde absolument infructueuse, non, nous n'avons pas vu votre maman, ça fait quelque temps qu'on ne la voit pas, je rentre à la maison, si ça se trouve elle est sur son canapé, indifférente à mon inquiétude, où étais-tu Eugénia, tu as vu l'heure, ça fait des lustres que je t'attends, le dîner est froid, je ne vais pas réchauffer le potage, tu penses bien, donc en pénitence, nous allons manger froid, et pendant qu'on mange, j'attends des explications raisonnables sur ce retard inadmissible, mais en fait elle n'est pas à la maison, j'ouvre la porte, je suis essoufflée d'avoir gravi les escaliers deux à deux, maman, maman, mais c'est comme appeler la chatte le jour de sa disparition, je me mets à tout inspecter jusqu'au moindre recoin, la penderie, derrière le rideau de douche, dans le panier de linge sale, ni maman, ni chatte, peut-être que c'est comme ça la fin du monde, les gens du premier rang au parterre sont les premiers à disparaître, tu fais un tour sur toi-même, et quand tes yeux reviennent à l'avant-scène, ils ont disparu, laissant voir le second rang rabougri par l'absence du premier, alors tu veux continuer à t'ouvrir l'abdomen en un *seppuku* de diva, voici le cœur, biscuit charnu aspergeant le sang, voyez comme il bondit entre mes mains, comme il cherche à regagner la cage des côtes, voyez comme nous parvenons à l'apaiser en le serrant entre les doigts, voici le cœur, excellents spectateurs du parterre, faites passer à votre voisin, attention aux veines, qui ont tendance à s'emmêler comme des cordes à linge, mais le monde ne s'achève pas miséricordieusement quand les gens disparaissent ou quand ils meurent, il refroidit, il ralentit, il laisse voir la ténébreuse amplification de tout ce que nous ne remarquons pas quand nous sommes en vitesse de croisière, les points noirs, les verrues, les plis de graisse ourlés d'escarres, l'habitude de fumer, les poumon tout contractés d'emphysème, la jambe déchirée par les varices soutenant le corps contre le mur comme un flamand ivre, le temps qui ne passe pas, maman qui ne vient pas, et je sors à nouveau de la maison, je ne sais pas comment je fais pour ne pas tomber dans l'escalier, je réponds au salut de la voisine du deuxième d'un geste de la main, je tourne autour des immeubles voisins, je l'appelle de temps en temps, maman, maman, je ne suis pas habituée à crier en public, je ne suis pas habituée à crier tout court, peut-être parce que je confonds bonne éducation et lâcheté, la vérité c'est que nous pouvons perdre quelqu'un seulement parce que nous sommes entraînés à respecter certaines conventions sociales, nous sommes bien moindres que ce que nous croyons, pensé-je, bien moindres, puis j'arrive au square du quartier après avoir épuisé tous les chemins entre les immeubles, il fait sombre, un groupe de vieux discute à propos d'un coup de belotte, sur la terrasse un semis de couples éclusant des bières au prétexte de la chaleur, puis tout d'un coup je la vois, maman, je ne retiens pas mon cri, je cours vers elle, elle est à une table avec un monsieur plus âgé, les deux tout souriants, elle lui donne le bras, d'où le connait-elle, je me demande, maman, je m'approche d'elle, qu'est-ce que tu fais là, mamounette, elle me regarde, elle regarde au-dessus, puis derrière moi, elle finit par fixer mes yeux, eh bien ma fille, tu vois bien que je bois une bière avec ton père, tu as vu comme il fait chaud, viens t'asseoir, tu ne bois pas encore, n'est-ce pas.

Dès que je sors avec mon livre signé sous le bras, j'entre dans un café, je demande un expresso au comptoir et la clé des toilettes, je rentre et je ferme le loquet, je commence à déboutonner mon pantalon, mes doigts titubent d'impatience, j'oublie un bouton, je tire mon pantalon vers le bas et merde, je reviens aux boutons, plus je me précipite moins je vais vite, me dis-je, je vais y arriver, je n'en peux plus, je parviens finalement à enlever mon pantalon, puis ma culotte, je mets deux doigts dans mon vagin, j'en mets trois, je les porte à ma bouche, c'est ça, je murmure, je remets mes doigts dans mon vagin, deux, trois, quatre, je m'assieds sur la lunette, je tente de mettre toute ma main, pendant qu'avec l'autre je dégrafe mon corsage, je sors un sein, le téton surgit comme une grande marguerite cherchant le soleil, j'attrape mon nichon par-dessous et je le presse jusqu'à ce que le soutien-gorge saute comme une vieille coquille, je retire ma main de mon vagin et je la mets sur mon téton, je le caresse jusqu'à ce qu'il soit bien humecté et je le mets dans ma bouche, je pense à lui, je pense à son visage, à ses doigts en moi, à son pénis en moi, j'ouvre la bouche mais j'étouffe mon cri, j'écarte les lèvres de mon vagin pour dégager mon clitoris impatient, je commence à le polir avec un doigt, puis avec deux, je dois me mordre la main pour ne pas crier, j'alterne les caresses et les claques, je frémis sur la lunette des toilettes, je ne sens presque pas le bouton chasse d'eau qui me pénètre le dos, je mords mon mamelon, je le mords jusqu'à sentir un filet de sang monter sur ma langue et me remplir la bouche, je remets mes doigts dans mon vagin, je les mouille, je les remets dans ma bouche, tout se mélange, la mouille, le sang, sa bite en moi, je porte à ébullition, mes jambes tremblent, j'y suis presque mais je ne peux finir maintenant, je ne peux pas finir comme ça, je tâtonne après mon sac, je prends le livre, j'attrape une feuille de papier-toilette, je nettoie les doigts que j'avais dans la bouche, sang, mouille, sa bite, sa bite doit avoir cette saveur, me dis-je, je prends le livre, j'appuie la tranche sur mon clitoris et je frotte, d'abord avec précaution, mais le filtre de ma conscience cède rapidement sous le poids du plaisir, je frotte, je frappe mon clitoris avec le livre, je me mords la main juste assez pour ne pas crier, mes jambes s'étirent, mes pieds, mes doigts de pieds, j'y suis presque, je m'arc-boute prête à recevoir la salve, mes fesses se dressent d'elles-mêmes, je frémis, d'abord une grande vague de chaleur, une grande vague de plaisir, ma tête tombe sur le réservoir de la chasse d'eau, mes yeux s'ouvrent et se ferment sous le plafond que je ne vois plus, je gémis, je ne peux contenir mes gémissements, je me donne, je me donne à lui, Pedro, je crie, je finis par retomber sur la lunette des toilettes, épuisée, le tremblement de terre a quelques répliques généreuses, c'est ça, Pedro, c'est ça, c'est notre première rencontre.

J'ai cherché mes chaussures dans toute la maison, elles devraient être sous le lit, elles sont toujours sous le lit, je ne vois pas Eugénia avoir le culot de me les prendre sans rien dire, j'ai même déplacé le canapé, j'ai trouvé deux euros et un stylo, mais pas de chaussures, je me surprends à chercher dans des endroits improbables, des endroits où les chaussures ne peuvent pas être, parce qu'elles ne tiennent pas, parce qu'elles détonneraient, je lève la lunette des toilettes, je fouille dans le tiroir des culottes, merde, dis-je entre mes dents, merde, pile aujourd'hui où je dois me rendre à la consultation, Eugénia va bientôt arriver, alors maman, tu n'es pas encore prête, tu sais l'heure qu'il est, décontenancée, je vais d'un endroit à l'autre, Eugénia, ne viens pas m'embêter, si tu ne veux pas ou ne peux pas m'aider, reste silencieuse, comme c'est d'ailleurs ton mode habituel de fonctionnement à la maison, si tu réfléchis, tu devrais plutôt me remercier, Eugénia, car à force de chercher partout, je vais finir par retrouver ta chatte dans un coin, vois-tu, mais je ne garantis pas qu'elle sera vivante, parfois les animaux se cachent pour mourir, et parfois leur mort n'engendre pas cette odeur qu'on voit dans les films, mythe urbain, Eugénia, il y a des corps dont même la vermine ne veut pas, je ne dis pas cela d'un point de vue moral, tu penses bien, d'autant que Maria pourrait difficilement se prêter à des considérations de ce type, même si les bêtes ont une notion du comportement, si telle ou telle action est bonne ou mauvaise, mais cela tient à une architecture qui repose tout entière sur la mécanique de la punition et de la récompense, mais maintenant que j'y pense, peut-être que les gens fonctionnent de la même manière, le corps modelant par le plaisir et par la souffrance, à contre-jour, les structures de ce que nous nommons le bien et le mal, tu n'es pas d'accord, Eugénia, à moins que ces questions mineures ne soient pas abordées dans les études que tu as choisies,

les personnes ont une conscience, maman, c'est ce qui nous différencie des animaux, je veux dire presque toute personne, il y a des exceptions,

tu cherches à me dire quelque chose,

mais non, maman, non,

j'ouvre la porte du frigo pour boire de l'eau, fatiguée de courir, j'ai les cheveux trempés de sueur sur la nuque, j'ai mal au dos à force de me baisser pour regarder sous les tables, sous les chaises, même sous les tapis où je les imaginais tout aplatis comme des tatouages, puis dès que j'ai fini de boire et que je vais ranger la bouteille d'eau à sa place, je les vois sur l'étagère où l'on met d'habitude le jambon, le fromage et les œufs, intacts, me fixant d'un regard hautain, les chaussures.

J'entre en tâtonnant le long du mur jusqu'à ce que mes yeux finissent par s'habituer à la pénombre, les gens s'accoudent au comptoir d'où s'écoule un fleuve interminable de bière, je bute sur une chaise cachée par la fumée de cigarette qui me brûle les yeux en me faisant pleurer, je l'aperçois qui revient des toilettes, se recoiffant du bout des doigts, je lui souris, je l'appelle, Pedro, il me croise comme s'il ne me connaissait pas, comme s'il ne me voyait pas, comme si je n'étais rien d'autre qu'un meuble anonyme qu'on s'habitue à contourner, heureusement que ce rideau de fumée pérenne ne se dissipe pas, peut-être que personne ne voit, peut-être que personne ne comprend ce qui est en train de se passer.

Tout au début de *Le cheval de Turin,* que je vous recommande vivement, Béla Tarr raconte comment Nietzsche, en 1889, dans la ville de Turin, en sortant du numéro six de la Via Carlos, tombe sur un fiacre très élégant, auquel est attaché un cheval apparemment têtu, que le cocher tente de faire avancer à coups de fouet, Nietzche, sortant de nulle part, s'interpose entre le cheval et le fouet, embrasse le cou du cheval, et il pleure, il pleure jusqu'à ce qu'on l'emmène loin de là et qu'on le couche sur un canapé où il aurait prononcé ses fameux derniers mots : mère, je suis bête, puis il aurait passé le reste de sa vie dans un état catatonique, sans parler, immobile et silencieux au point que les oiseaux venaient se poser sur son épaule lorsque sa sœur lui faisait prendre le soleil matinal sur le balcon, du cheval, dit Béla Tarr, on ne sait rien, tout le film est construit à partir de ce point de vue,

pas celui du cheval, Béla Tarr n'est pas Disney, le point de vue de la survie et de la répétition, de l'isolement, des conditions de vie misérables du cocher et de sa fille, reclus dans une maison où l'on ne voit paraître qu'un autre personnage pendant tout le film, un homme à la parole cryptique qui s'essaie à une analyse phénoménologique de l'existence et, même si le monologue est intéressant, ce qui nous captive vraiment, c'est le poids insupportable du quotidien sur ces deux êtres otages de la routine, le réveil chaque jour, aller au puits chercher de l'eau, s'habiller, se déshabiller, manger une pomme de terre chaude avec les mains, regarder par la fenêtre

un plan magnifique, le protagoniste apparaissant de dos

sans s'apercevoir que la fenêtre ne donne pas sur l'extérieur nuageux, mais sur l'alcôve des souvenirs, dans le film, il manque clairement un troisième élément, la femme, la mère, c'est probablement à elle qu'il pense quand il s'assied à la fenêtre pendant que sa fille chauffe le four à bois pour y rôtir deux pommes de terre, on pourrait se demander pourquoi ces deux créatures ne sont pas terrassées par l'ennui, par le désespoir, avec ce quotidien, mais ce n'est pas le cas, parce que la situation existentielle des deux protagonistes est l'inverse, dans sa façon d'advenir, de la situation analytique existentielle qu'Heidegger, aux volumes vingt-neuf et trente de ses œuvres complètes,

Monde, Finitude, Solitude, pour ceux qui ne parviendraient pas à identifier le texte en question, qui parle des trois manières d'advenir de l'ennui, comme vous savez,

décrit avec des traits qui ne peuvent exister que dans une bourgeoisie dominée par le confort, et *nota bene*, je dis dominée au sens propre du terme, parce que la satisfaction des besoins essentiels paraît correspondre, chez l'humain, à une prison immédiatement remplacée par une autre, et tel est l'enseignement de Béla Tarr en nous montrant de manière superbe deux prisons, l'une faite de présence oppressante, l'autre, par contraste, faite d'absence, qui est aussi celle des laissés pour compte de l'histoire, si on peut le dire ainsi,

et oubliez toutes les références sociologiques susceptibles de vous passer par la tête en raison de l'inévitable contamination par la télévision à laquelle nous sommes sujets,

je veux parler de l'histoire des anonymes, de ceux qui n'ont d'autre nom que statistique, réservoir inépuisable de gens qui naissent et qui meurent dans une dimension si pauvre en possibilités qu'ils finissent par s'accomplir, la majeure partie de leur vie, dans des fonctions purement animales, manger, boire, dormir, échapper à la faim, à la guerre, à l'impérieuse maladie, ces hommes et ces femmes, messieurs, ne sont pas différents de chacun de nous, chacun est roi en son royaume,

désastre originaire, à ce sujet, je vous recommande la lecture du poème « Mon Roi » de Michaux,

et chacun, sur son lit de mort, se découvre, comme Ivan Ilitch dans le conte de Tolstoï,

ce n'est pas du tout une coïncidence que ce syllogisme soit construit autour de l'image de l'empereur ou du roi, si vous voulez d'autres exemples, voyez *Le roi se meurt*, de Ionesco,

dans le fameux syllogisme qui énonce que : tous les hommes sont mortels, or Caius est un homme, donc Caius est mortel, et ça, comme le dit si bien Ivan Ilitch, c'est très valable pour Caius, l'esprit n'ayant aucune difficulté pour comprendre et accepter la vérité exprimée, mais pas pour lui, dit-il, car ce qui est vrai pour Caius, homme abstrait, tous les hommes et aucun d'eux, au fond, cela ne peut être vrai pour Ivan, parce qu'Ivan est un homme spécifique, qui ne donne pas prise *a priori* aux généralisations philosophiques, et un homme spécifique ne peut pas mourir d'un événement général, d'une loi abstraite, mais bien qu'Ivan finisse par comprendre la mortalité, il ne pousse pas le raisonnement jusqu'à ses ultimes conséquences,

peut-être est-ce parce que le contact direct avec une expérience de ce type est réfractaire à toute forme de généralisation, nous sommes tous Caius, messieurs, et nous sommes Ivan Ilitch se découvrant Caius, et nous sommes en train de mourir, et ce sera tout pour aujourd'hui.

Les choses se produisent d'une manière plus ou moins linéaire, ou plus ou moins accidentée, dans le second cas, nous nous rendons compte du chemin parcouru et des obstacles qui nous obligent à changer de plan et de plans, dans le premier cas, quand le changement arrive, nous sommes déjà en retard par rapport à l'événement de la transformation, sans avoir fait le moindre préparatif pour adoucir les conséquences de notre sortie hors de la cartographie du quotidien, c'est comme lorsque nous voyons une autre personne dans le miroir au réveil, elle a grandi sous nos yeux, d'une façon transparente et sans-gêne, un pli expressif prend la nature définitive d'une ride, une friche de cheveux est de plus en plus saupoudrée de blanc, le mal de dos vient perturber le mouvement du sourire autrefois fertile, et pour maman c'est comme ça que c'est arrivé, on a descendu la rampe vers la zone mal éclairée, doucement mais sûrement, quand je me suis aperçue de l'accident, nous étions déjà en phase de deuil, ça a été un problème de la convaincre à accepter Joana, malgré l'indéfectible sympathie de la jeune femme et son profil aussi discret qu'efficace, silencieuse la plupart du temps, cuisinant, ou bien s'occupant des tâches ménagères les plus routinières, moi je lui ai tout de suite dit : Joana, nous avons une femme de ménage qui vient le week-end, pas la peine d'aspirer ou de faire du repassage, dans votre état nous ne voulons pas que vous vous surmeniez, votre emploi et vos fonctions c'est d'être aide-soignante, le ménage ça ne vous concerne pas, il y a d'autres personnes pour ça, elle était bien d'accord : j'aurais voulu vous parler d'une feuille Excel où j'ai ébauché une proposition de travail pour le reste du mois et pour le prochain, il y avait des parties d'échec, des promenades au square pour voir les mioches cabrioler sur les toboggans, un petit parcours de commissions incluant une halte au supermarché biologique auquel elle voulait me convertir : les gens ne mangent que des cochonneries, disait-elle, chaque fois que j'arrivais à la maison assez tôt pour la surprendre en train de cuisiner, me prenant par la main, elle faisait défiler devant mes yeux hagards un carnaval de végétaux, puis c'était les vitamines essentielles, les propriétés inconnues du céleri, la façon dont les réticules du chou chinois ressemblent à l'étreinte de la gravitation par laquelle le Soleil maintient la cohésion du système solaire, toutes sortes de curiosités que j'écoutais avec un intérêt d'annuaire téléphonique, hum, hum,

maman va bien, demandais-je, l'interrompant,

très bien, répondait-elle aussitôt, et nous passions d'une liste à une autre, la visite à l'église où elle a raconté à quel point elle était à la fois contente et triste le jour de son mariage, sa façon étonnante de couper court à la conversation avec le boucher, et moi : hum, hum, un sourire factice décore les coins de ma bouche, mes yeux ne brillent que lorsque je pense à Pedro, alors Joana, prenant mon brasier intérieur pour de l'intérêt, accélérait ses explications pendant que moi, mordillant ma lèvre inférieure pour dégourdir mon ennui, hum, hum, hum, hum.

Je n'avais pas d'amis à la Faculté, d'abord parce que j'ai refusé d'aller à ce bizutage débile, marcher au son de rimes plus dignes de l'armée que de la vie universitaire dans les jardins de la fondation Gulbenkian où, après le choix d'un parrain,

autre concept parfaitement répugnant à mes yeux on nous versait sur la tête des bouteilles en plastique d'eau du lac, paillardise qui faisait office de cérémonie de clôture de la première phase d'intégration du bizuth, le succès des phases suivantes se mesurant à l'assiduité aux pots et aux dîners étudiants et ça, ce n'était vraiment pas pour moi, même si maman me l'avait permis je ne serais jamais allée perdre mon temps en terrasse à payer des coups à mes aînés ou à tenir la tête de ceux qui n'apprendront jamais à boire, mais dès que les premières notes ont été données, mes collègues ont commencé à tourner autour de moi, intéressés, tu as pris des notes en philo médiévale, je pourrais les photocopier, non je ne les ai pas, non tu ne peux pas, je suis sûre que tu dois avoir les tiennes, mais j'ai été malade, petite Sandra,

Eugénia, rectifiais-je, si tu as eu un problème, va voir le prof, ils me tournaient le dos, sale pute, des fois, je les entendais, les autres fois, il n'était pas difficile de deviner ce qu'ils pensaient ou ce qu'ils disaient à voix basse, peu à peu je suis restée seule et tranquille, m'asseyant toujours au premier rang, à tous les cours, attentive, concentrée, anticipant parfois, comme aux échecs, l'enchaînement encore mystérieux des arguments, je souriais, émerveillée par la structure de la pensée, si mathématique et si fluide, deux fleuves confluant avant de se jeter dans la Mer de Leibniz, dans l'Océan Hellénique, dans le grand Lac de l'Idéalisme Allemand, je devançais les professeurs, posant des questions auxquelles j'avais déjà les réponses, comment Descartes peut-il soutenir la position du *cogito* après en être sorti, la synesthésie des sens n'est pas l'erreur dont parlent les sceptiques, alors ils me regardaient tous, les uns ébahis, les autres esquissant des sourires timides mais généreux, ce n'est qu'en troisième année qu'un garçon plus âgé, transféré d'une autre faculté, est venu me féliciter sans rien attendre en échange,

salut, j'ai bien aimé ton intervention en philo moderne, moi non plus je ne comprends pas cette interprétation du noumène kantien comme chose en-soi à déchiffrer, soit c'est la chose en-soi et il n'y a rien à déchiffrer, soit ce n'est pas la chose en-soi, alors moi, enthousiaste, évidemment, ça n'a aucun sens, ce que Kant montre avec son postulat du noumène c'est qu'il existe une forme d'accès, un point de vue, et que ce point de vue a une configuration précise, une façon de se donner et une forme d'accès, donc que soit une chose est pour moi, soit elle n'est rien du tout, déchiffrer un noumène c'est n'importe quoi, il a rigolé, j'ai rigolé avec lui,

tu veux déjeuner, m'a-t-il demandé, je veux bien.

Est-ce que ça n'a pas pu être dû à la chute, docteur ?

C'est peu probable, madame, on lui a fait un scanner, elle n'a aucune trace de lésions ou d'accidents vasculaires, nous n'avons rien trouvé qui explique ses doléances sur les trous de mémoire, sur les déséquilibres, c'est peut-être quelque chose de passager, c'est peut-être autre chose, mais ce n'est certainement pas en rapport au coup qu'elle a reçu à la tête, soyez rassurée sur ce point, alors moi,

rassurée, comment ça rassurée, je serais rassurée si vous me disiez qu'il y a un rapport entre les deux choses,

mais je ne peux pas, madame, la vérité c'est qu'il n'y a pas de rapport, je regarde Eugénia, elle baisse les yeux en apprenant les mauvaises nouvelles, comme toujours, elle cherche refuge dans le sol auquel nous n'appartenons pas, Eugénia, je me tue à le lui répéter, s'il y a quelque chose de vrai dans la théorie de l'évolution, c'est ceci : ramper est un commencement inévitable, mais ça n'est pas et ça ne peut pas être la fin, le but, même si nous avons des pieds, nous ne sommes pas des créatures du sol, Eugénia, nous sommes des anges déroutés, nous ne savons pas où sont nos ailes, ni comment nous en servir, une partie de nous est en plomb, certes,

le *Phédon*, maman,

comment, demandais-je,

ça c'est le *Phédon*, de Platon, à propos de l'âme, et de la relation de l'âme avec le corps,

pas du tout, Eugénia, c'est du simple bon sens, pas besoin de faire des études pour parvenir à cette conclusion, pas même besoin de savoir lire, il suffit de se promener çà et là, les yeux ouverts, en écoutant les gens, en leur parlant, nous avons tous un fond commun où nous nous revoyons et qui permet et soutient cette chose merveilleuse qu'on nomme communication, nous avons, elle m'interrompait à nouveau, une structure transcendantale, murmurait-elle, ce que tu voudras, Eugénia, impossible de parler avec toi, il faut que tu fasses la fine bouche et que tu donnes des noms de menu français à ce que tout le monde sait dire en langage courant, c'est la manie des diplômés, des licenciés, des docteurs, vous allez finir par ne plus parler qu'entre vous, comme les fous de Júlio de Matos*, parce que vous êtes incapables dans une conversation de vous en tenir à l'essentiel et de vous expliquer clairement, et elle, balayant les carreaux de ses yeux en procession tâtonnante de mille-pattes, tu as déjà raconté au docteur quand tu t'es trompée d'étage et de porte, maman,

* Célèbre hôpital psychiatrique du nord de Lisbonne.

non, Eugénia, je doute que cela ait la moindre importance et que le docteur veuille perdre son temps et le nôtre avec ça, mais je te remercie de ta suggestion, même inutile, le seul fait d'avoir ouvert la bouche justifie ta présence, et le médecin, m'interrompant, racontez-moi cette histoire de porte.

Je l'attends à la porte de l'amphithéâtre, l'association étudiante a décidé d'organiser un festival de cinéma expressionniste allemand, très intellectuel comme toujours, très *avant-garde*, cinq jours de films en noir en blanc, certains muets, pour le régal d'une demi-douzaine de corbeaux anorexiques et prétentiards qui devisent sur le sens de la métaphore dans le contexte subliminaire de l'inconscient collectif de mon cul, ces crétins ne savent rien de rien, ils sont totalement ignorants sur ce qui compte, sur ce qui est vital, sur ce qui a déjà été pensé, pâles échos des seuls livres qu'ils aient jamais lus, arroseurs de sentences, Marx par-ci, Nietzsche par-là, Bourdieu, Agamben, Hegel, bien sûr, mais seulement pour ce qui annonce le matérialisme dialectique, Deleuze, les plateaux, le corps sans organes, la *performance*, le sadomaso, l'intensification, Marighella, littérature de possédés aux velléités d'intervention en forme d'érection matinale, qui lisent tout bas sur la table de la cuisine autour de laquelle roulent continuellement des pétards et des bières, dodelinant de la tête au rythme de la litanie du processus révolutionnaire puis, quand ils sont déjà bien défoncés et bien bourrés, ils sortent des cartons et des cutters, puis ils dessinent des bras d'honneur, ils écrivent de courts poèmes de combat, et ils déambulent dans le Bairro Alto et au Cais do Sodré, asséchant les troquets et montrant à tout le monde

surtout à ces cochons de bourgeois et surtout à leurs parents
qu'ils sont les vrais chefs, qu'ils sont les véritables porte-étendards de la révolution, qu'ils transportent l'authentique volonté du peuple pour lequel ils se battent, tout pour le peuple, rien contre le peuple, il faut libérer le peuple de la tyrannie qui l'aveugle, de l'exploitation dont il n'est pas conscient, du joug oppresseur du grand capital en faisant pleuvoir dans son compte en banque, sur une base mensuelle, un tantième de ce qu'il a réellement produit, et pour cela nous devons nous réunir, planifier, gérer les ressources, occuper les places les plus éminentes en excellant dans la propagande, soyez alertes quand vous marchez dans les couloirs de la faculté, abordez ceux qui restent interdits en contemplant vos pancartes, ceux qui sont seuls, manifestement égarés,

bonjour collègue, je peux te parler d'un sujet important, je ne te prendrai pas beaucoup de temps, non, réponds-je, sèchement, je n'ai pas envie de parler, j'attends quelqu'un, elle insiste, mais pendant que tu attends, on pourrait discuter quelques minutes de l'état du monde, sur ce que nous pouvons faire pour le changer, tu ne crois pas que nous avons le devoir moral d'essayer de modifier l'état des choses, alors moi, assommée par ce bréviaire de l'interventionnisme *doliprane*, de ces témoins de Jéhovah à l'envers, promettant le paradis sur terre en échange de quelques graffitis, écoutez, vous pourriez commencer par prendre une douche, je ne dis pas tous les jours, mais au moins un jour sur deux, et par ranger votre chambre, peut-être avec un tiroir pour les chaussettes, un autre pour les culottes, comme ça vous ne porteriez pas toujours les mêmes, puis vous pourriez raser ces fils de fer qu'on aperçoit sous vos collants à rayures, pour qu'on ne craigne pas de se blesser en passant à côté de vous dans la queue du restau U, vous ne trouvez pas, à quoi elle, les mains tombant sur ses jambes,

comment,
this revolution will be televised, baby,
comment,
this revolution will be televised.

Je suis angoissée à cause du poème que j'ai glissé dans sa boîte aux lettres, j'aurais dû écrire autre chose, mais c'est ce qui m'est venu à la tête, et la poésie on sait bien comment c'est, on passe des mois à essayer de la dresser pour qu'elle s'assoie, pour qu'elle nous apporte nos pantoufles, pour qu'elle nous résume le journal du jour, et elle semble nous obéir, tout au plus remarque-t-on son sourire en coin le soir quand on lui donne à manger, mais qu'est-ce qui pourrait bien rassasier cet animal, le cœur le meilleur et le plus meurtri, les tragédies sur les prompteurs des journaux télévisés, des petits pots d'Herberto Helder, de Cesariny ou d'O'Neill*, une confusion de lettres lyophilisées qu'on recompose en ajoutant un demi-litre d'eau, l'état de l'escalier, la hauteur des étages, ce moment où il ne te suffit pas d'être à la fenêtre et où tu désires le sol, puis tu te surprends à compter les gens qui se rendent à ton enterrement et tu mouilles ta culotte quand tu en compte plus de dix, mais cet animal ne se contente pas de la vie qu'on fait couler dans son gosier par un entonnoir, ni des trois promenades quotidiennes au square, pour recueillir des vers dans des cahiers de brouillon, vous avez oublié d'effacer ceci madame, et moi, c'est juste une ritournelle, ça va partir, ça ne tache pas, soyez tranquille, le regard des autres quand il t'arrive de te distraire pendant qu'elle fait ce qu'elle doit faire, ce n'est pas mal, dites donc, tu t'empresses de tout ranger très vite, des gribouillis dont tu ne déchiffreras le sens que bien plus tard, ce n'est pas mal, tu es d'accord, forcément tu te prends de temps en temps un fais gaffe avec ça, depuis quand tu peux t'approprier les métaphores des autres, méchante, idiote, je la rosse, je la flanque par terre et je l'agrippe par les poils du dos et je frappe à en avoir mal aux mains, c'est de ta faute, je crie, c'est de ta faute, nous finissons toutes les deux en pleurs, nous finissons toujours en pleurs, toujours les deux en pleurs, et

J'ai cette allure de pays achevé,
couleurs évanouies, comptes clos,
pièce aveugle et peu éclairée[9].

* Trois grands poètes portugais, tous trois proches du surréalisme.

Plus d'une fois j'ai surpris monsieur Joaquim sortant de chez nous lorsque je revenais de l'école, il me croisait, tu es toute mignonne mon petit, j'esquivais sa main cherchant ma tête, il ouvrait la porte de l'immeuble en riant, au revoir, lance-t-il en partant, je rentre à la maison, maman, maman, elle sort de la cuisine ou de la salle de bains, les mains dans les cheveux, puis descendant le long de sa robe, l'ajustant, eh bien Eugénia, comment ça s'est passé à l'école aujourd'hui, maman, monsieur Joaquim, qu'est-ce qu'il voulait, et elle

comment ?

monsieur Joaquim, répétais-je, je l'ai croisé dans l'entrée de l'immeuble, rien, Eugénia, il cherche toujours à me convaincre de lui vendre le poste de télévision, je ne sais pas ce qu'il peut bien voir dans cet appareil, il semble en être tombé amoureux, il s'assied sur le canapé et il reste là à le contempler, vous ne pouvez pas le brancher, dona Virgínia, je lui explique, il n'y a pas d'antenne, monsieur Joaquim, ça ne fait rien, c'est juste pour voir le contraste, on dit que le contraste est excellent dans ces appareils, mais comment allez-vous voir le contraste sans antenne, on voit bien que vous n'y connaissez rien, dona Virgínia, c'est bien les femmes ça, passez-moi l'expression, même s'il n'y a pas de signal, dona Virgínia, quand vous regardez le grain sur votre écran, vous pouvez voir le contraste entre les points blancs et les points noirs, rien qu'à ça, avec un œil entraîné, on peut voir si l'appareil est de bonne qualité ou non, car parfois on vous arnaque, ils emballent dans le carton une marque apparemment digne de confiance mais, en réalité, à l'intérieur, ils ont mis un tube tout salopé, pardonnez l'expression, mais c'est vraiment ça, alors vous payez des vessies pour des lanternes, mais ça n'a pas l'air d'être le cas de celui-ci, à vrai dire, d'après la qualité du contraste, regardez bien, regardez bien, il montre le poste dès que l'image se stabilise à son maximum d'intensité, ça le passionne comme s'il s'agissait d'une finale de championnat, dona Virgínia, mais au fait, si vous avez vendu l'antenne, pourquoi gardez-vous le poste, ça n'a aucun sens, c'est un appareil bien trop cher pour s'en servir comme porte napperons, vous ne trouvez pas, ma chérie, alors moi

il t'a appelée chérie, maman, non, non, pas du tout, bien sûr que non, c'est-à-dire que, ça c'est moi qui raconte, je change les mots, je pensais à toi, naturellement, mais, maman, tu ne m'appelles jamais ma chérie, bien sûr que si, mais ça reste à l'intérieur, ça reste à l'intérieur parce que j'ai la responsabilité de ton éducation, Eugénia, pas celle de te gâter avec des mièvreries, je ne me tue pas à la tâche pour élever une sotte incapable de se prendre en charge, je veux que tu sois une femme forte, capable de prendre la vie par les cornes comme les *forcados** prennent le taureau, tu comprends, Eugénia,

à peu près, mamounette, mais j'aimerais bien que tu m'appelles ma chérie, juste de temps en temps,

* Dans la *tourada* portugaise, un groupe de huit hommes, les *forcados*, prend le taureau à mains nues.

tu n'y penses pas, Eugénia, et arrête de m'appeler mamounette, appelle-moi maman, ou mère, mamounette ça fait peuple.

La vie, telle qu'elle se présente, paraît correspondre à un plan de positions anisotropes infinies, un plan mobile et unidirectionnel dont la rapidité se confond complètement avec ce que nous pourrions appeler la rapidité de la vie, le parcours sur ce plan s'effectue par des sauts sur des positions anisotropes à travers un mécanisme qui nous est à tous familier et qu'on nomme communément le désir, c'est-à-dire la façon spécifique à l'humain de réaliser, au moyen du surcroît de satisfaction avec l'acquisition de l'objet du désir, ce qu'on peut appeler, en termes assez schématiques, l'identité, or l'identité semble être, justement à cause du mécanisme du désir, une identité tronquée, incomplète, un symbole à la reconstitution duquel manquent des composantes indispensables, ainsi dans l'amour, par exemple, le sujet expérimente, comme nous l'avons vu dans l'analyse du *Symposion* de Platon, une sensation plus ou moins transitoire de plénitude, qui correspond à une sorte de restitution de l'état primordial dans lequel le sujet, ayant perdu l'état de complétude dans lequel il se trouvait à l'origine, conserve un registre mnémonique de la sensation correspondante, et toute sa vie, il passe de position en position, à la recherche de la position des positions, souvent aussi magnétique qu'impénétrable, dans l'espoir qu'un saut le fera atterrir sur la moitié qui lui manque afin qu'il puisse, finalement, ne plus avoir besoin de rien désirer.

Dès qu'il est sorti de la maternité, j'ai compris que tout était fini, que ce n'était plus qu'une question de temps avant que je me réveille sans le trouver à la maison, où t'es-tu caché Aniceto, tu es dans la salle de bains, Eugénia, tu as vu ton père, Eugénia va acheter le pain et passe au garage pour voir s'il y est, mais rien, s'ensuivraient des jours d'un deuil cahoteux,

on va finir par le retrouver mort, maman, si ça se trouve il a bu puis il a pris le volant et cette fois il ne s'en est pas bien tiré, ne dis pas ça, ma fille, chasse ces pensées, touchons du bois, alors on tambourinait sur la table avec nos poings, puis Eugénia arrivait, veux-tu que j'aille ouvrir, maman, ça doit être papa, veux-tu que j'aille à la porte, reste assise, la mère et la grand-mère tambourinent sur la table pour chasser le mauvais sort,

et ça marche, interrompt-elle, s'adressant à grand-mère, bien plus patiente que moi,

ça ne peut pas faire de mal, ma chérie, ça ne peut pas faire de mal, ou alors c'est le vieux truc du paquet de cigarettes,

je vais acheter des cigarettes, dirait-il un soir,

je reviens, et peut-être pensait-il vraiment revenir, mais quand il arrive devant le troquet, c'est fermé, la belle-mère du patron est morte, quelle poisse, pense-t-il, je vais devoir prendre la voiture, je n'en ai pas la moindre envie, il tourne le contact, il démarre, avant de s'en rendre compte il est déjà en banlieue, il ne sait pas trop où, les agglomérations se suivent à une vitesse de panneau routier, il a envie de fumer, marmonne-t-il en lui-même, pourquoi est-ce qu'on a envie de fumer, insiste-t-il, c'est à cause du plaisir, ça ne peut être qu'à cause du plaisir, nous vivons pour le plaisir, peut-être pas uniquement pour le plaisir, mais surtout pour le bonheur, il se dégourdit les muscles de la métaphysique, et moi suis-je heureux, se demande-t-il, d'abord en silence, incapable de se regarder dans le rétroviseur, suis-je heureux, serai-je heureux un jour, ai-je été heureux un jour, puis, s'admirant dans le miroir, es-tu heureux, mon salaud, quand as-tu été heureux pour la dernière fois, t'en souviens-tu, peux-tu me répondre, dans sa rage inquisitoire il donne deux coups sur le volant, il tord le rétroviseur vers le haut, il ne veut plus se voir, il ne veut plus être vu, la honte le prend aux entrailles, la honte de l'animal luminescent que tous peuvent voir, maman, pourquoi le monsieur il brille, chut, ma fille, parle moins fort, il continue à conduire, en silence, je vais arrêter de fumer, pense-t-il, il ne sait pas où il va, mais il sait qu'il ne reviendra pas.

J'ai préparé un poème que je vais lire cet après-midi à l'*open mic* du Troquet des Noirs, il y sera lui aussi, je l'ai écrit pour lui

j'écris tout pour lui

j'aurai le courage de monter à ce pupitre improvisé que les participants confondent parfois avec un confessionnal, avec un amplificateur pour le mégaphone des causes, avec un podium où improviser une thérapie de groupe,

je ne vais pas vous dire un poème, commencent-ils, mais je vais profiter de ce lieu et de ce moment pour vous parler de ma mère, des pingouins, du réchauffement climatique, de comment je ne suis pas parvenu à sauver mon frère de la noyade, de ses yeux ouverts mais inexpressifs, derrière la fenêtre de la voiture, de mes oreilles qui explosent sous la pression de l'eau, laissez-moi vous parler de Monsanto et de sa politique consistant à breveter les semences, de la façon dont ils pervertissent consciemment et délibérément tout ce qui a fait de l'homme ce qu'il est aujourd'hui : la sédentarité, qui n'est possible qu'avec le développement du processus des cueillettes, la fixation à la terre, la création d'un mécanisme d'échanges, vous voyez où je veux en venir, je veux en venir à mon père, dit un grand gaillard de plus d'un mètre quatre-vingts, au corps elliptique d'amateur de bière, une touffe de cheveux lui retombant sur le visage comme un saule pleureur anémique, mon père a toujours voulu que je sois médecin, comme lui et comme son père, c'est une tradition familiale, mais moi j'ai peur du sang, des aiguilles, je déteste l'odeur de l'hôpital, tu n'as qu'à faire médecine générale, puis une spécialisation en dermatologie, il n'y a pas de drame, il y a plein de façons d'échapper au sang en médecine, mais la vérité c'est que ce n'est pas tant pour ces questions phobiques, c'est juste que je ne veux pas être médecin, je veux être sociologue et soigner la société dans son ensemble, vous comprenez, pas un individu particulier, mais un groupe, l'analyser, le diagnostiquer, le soigner, le guérir, vous comprenez, quelques applaudissements saluent l'audace, la nudité incongrue, on aurait voulu au moins quelques vers en guise de porte-jarretelles, quelque chose qui se dévoile suffisamment pour stimuler le muscle du commérage, mais nous devons nous contenter de ça tout l'après-midi, un poème de temps en temps, si l'on peut appeler poème cette suite attendue de vers inorganisés gravitant autour d'un nombril, à ce compte parlez-moi plutôt des baleines massacrées, de la pollution en Chine ou de la Lune où nous n'avons jamais mis les pieds, assure une jeune femme aux lunettes noires apparemment perpétuelles,

depuis la terre, même avec les meilleurs télescopes du monde, on ne voit pas leurs traces, vous trouvez ça normal, qu'on ne voie aucune trace, vous trouvez

arrive mon tour, il est assis, tout seul un verre de vin devant lui, qui se renouvelle périodiquement, j'ai apporté ce poème, dis-je, le micro est trop haut, quelqu'un va le régler à ma taille, j'ai apporté ce poème, je déplie une feuille manuscrite, j'ajuste mes lunettes, mais ce n'est pas ce que je lis, parce qu'en le regardant la poésie entre en moi, une autre poésie, je froisse la feuille de mes mains nerveuses, je respire un bon coup, c'est ma première fois, me dis-je, je le regarde dans les yeux, Pedro, je suis ici pour toi,

de tes mains sortent
des choses merveilleuses
– Par exemple
Mes seins[10].

Il n'y a rien à faire, Miguel, la maladie n'est ni juste ni injuste, c'est un événement de l'ordre des probabilités, il ne sert à rien de se fâcher avec l'univers à cause de ça, alors lui, désolé,

mais, dona Virgínia,

il n'y a pas de mais, Miguel, c'est notre lot, comme j'entends dire souvent, je ne rajeunis pas, avec un peu de chance il me reste quelques belles petites années à vivre, tout dépend de l'évolution de la maladie, en vérité, même pour ça nous dépendons du divin,

dona Virgínia, interrompait-il,

Miguel, sans le laisser poursuivre, faites-moi plaisir, nous nous connaissons depuis trop longtemps pour ces formalités entre nous, évacuez ça, laissez ça, vous promenez ce dona Virgínia en laisse depuis des années, Eugénia fait pareil avec un de ses professeurs, oubliez ça, lui dit-il, notre relation n'a plus la même dimension, nous sommes collègues, mais elle ne renonce pas à ce traitement qui pose des obstacles entre les gens, et vous faites pareil, Miguel, voyez-vous, il est assis sur le canapé, sa tasse de thé tremble dans ses mains pendant que la réplique pleurnicharde l'envahit à l'intérieur, il est incapable de la contenir, essayez, Miguel, faites un effort pour moi, parce que ce dont j'ai besoin en ce moment, plus que d'un aide de camp, c'est d'un ami,

oui, dona Virgínia.

Aujourd'hui, messieurs, nous allons parler des problèmes actuels de l'intelligence artificielle, et je suis certaine que la matière ne vous est pas totalement inconnue, il existe une littérature abondante, d'innombrables articles, si vous n'avez rien lu sur le sujet, vous avez certainement vu au moins un film qui a, directement ou indirectement, cette question en toile de fond, je vais donc partir du principe que vous n'en êtes pas au degré zéro de connaissances sur la question, à moins d'avoir passé les dix dernières années enfermés dans une cave en visionnant des retransmissions de séries télé des années soixante, et comme j'ai l'intention d'agrémenter la séance d'aujourd'hui avec quelques références biblio et filmographiques, je crois que nous parviendrons à passer cette étape sans difficulté.

L'un des concepts fondamentaux de l'intelligence artificielle, c'est le test de Turing, exposé par Alan Turing pour la première fois en 1950, il prétend renverser la question classique « les machines peuvent-elles penser » par la formulation plus radicale « peut-il exister une machine capable d'imiter l'humain à un tel degré de perfection que celui-ci soit incapable de savoir s'il est en contact avec une personne ou avec une machine », Turing postule que si la machine parvient à tromper un tiers de ses interlocuteurs, cela prouve que la machine pense par elle-même, en d'autres termes nous nous trouverions devant une véritable intelligence artificielle.

Il est certain que l'argument présente d'importantes failles, parmi lesquelles la confusion qu'il opère entre la cause et l'effet, ainsi on pourrait imaginer un raisonnement semblable par lequel, pour démontrer l'existence d'un corps autonome, c'est-à-dire vivant, on demanderait à un groupe d'observateurs de témoigner de ce qu'ils voient en observant le comportement de plusieurs automates conçus pour imiter la fluidité, la cohérence et le comportement de divers animaux et d'humains, est-ce qu'à partir de l'adéquation entre leurs expectatives et le résultat de la programmation mécanique des automates, si par exemple un nombre important d'observateurs, disons un tiers, disons la moitié, à ce niveau d'abstraction, le seuil exact importe peu, sont incapables de discerner s'ils se trouvent en présence d'un automate ou d'un organisme vivant, pourrait-on en conclure que l'on a produit de la vie ?

Mais la faille la plus évidente du raisonnement, que la philosophie analytique s'est avérée incapable de comprendre, et plus encore de résoudre, réside dans la question de l'imitation, c'est-à-dire, dans la difficulté inhérente à toute reproduction de la structure de la conscience de l'humain, et je veux parler ici de la conscience au niveau transcendantal, comme chez Kant ou chez Husserl,

en une réplique si parfaite qu'elle pourrait passer pour l'original.

Or cette hypothèse repose sur une prémisse fondamentale qu'elle ne se soucie guère de vérifier, ni dans son énonciation, ni dans sa justification, qui consiste à partir du principe que nous avons accès facilement à un schéma suffisamment clair et complet de l'entendement humain, de son organisation, des structures qui le composent, de leur façon d'être disponibles au service de l'événement lucide que nous sommes et, plus grave encore, cette hypothèse pose avec un optimisme absolu que nous sommes capables, avec plus ou moins de subtilité, de dessiner ce schéma comme si nous étions complètement transparents à nous-mêmes, comme si le point de vue que l'on peut avoir sur soi-même en tant que point de vue

la fameuse parallaxe optique de la phénoménologie,

nous donnait une vision parfaitement claire de « la machine en marche ».

Or non seulement le point de vue est tout sauf transparent à lui-même,

et les exemples de structures d'occultation que nous avons étudiés au cours des séances précédentes sont nombreux, de Platon à Descartes, de Nietzsche à Husserl et à Heidegger, mais le cœur même de son fonctionnement repose sur un ensemble indéterminé de thèses méta-empiriques en perpétuel développement, très difficiles à débusquer, qui lui donnent sens, si bien qu'à chaque fois qu'il se présente, son énonciation, alors même qu'elle est constituée par un apport massif d'insertions de sens, le livre en un seul bloc sans ajouts apparents, et l'on a l'impression, bien typique du sens commun que nous avons analysé ici d'innombrables fois, de nous trouver devant « les choses comme elles sont », alors qu'en vérité nous sommes toujours décalés, dans une structure de sens agissant en sous-main, et lorsque nous sommes capables de détecter l'un de ces sens et de le « garder à vue », alors, comme le souligne Husserl dans son analyse de la réduction phénoménologique, nous le court-circuitons de la présentation, car il ne peut accomplir sa fonction qu'à condition d'agir dans l'obscurité, mais ce court-circuit ne peut être obtenu qu'au prix d'une énorme capacité de concentration et d'abstraction, thèse par thèse, car il semble impossible de réaliser la réduction absolue dont parle Husserl, non seulement parce que cela exigerait un effort surhumain, mais aussi, et c'est là le plus important, parce que si l'on mettait toutes les thèses en suspens, en destituant aussitôt la moindre velléité de sens, on produirait alors une implosion d'où l'on serait parfaitement incapables de tirer quoi que ce soit.

Après cette digression nécessaire, il nous faut revoir l'argument de Turing en y introduisant une modification fondamentale : serions-nous capables de programmer une machine qui serait à tel point obscure à elle-même qu'elle prendrait des décisions contradictoires, qu'elle choisirait d'accomplir des actions qui lui seraient préjudiciables, qu'elle se passionnerait sans parvenir à déchiffrer la raison de cette inclination, serions-nous capables d'inventer une machine apte à se tromper elle-même, capable de mauvaise foi au sens de Kierkegaard, de mauvaise foi constitutive ?

Je suis réveillée par un bruit étrange de métal cognant sur du métal, puis de métal cognant sur du bois, je vais jusqu'à la cuisine sur la pointe des pieds, la lumière est allumée, je trouve maman assise sur une chaise, ses mains sur un tas de pièces de monnaie, je reste sur le seuil à l'observer, raide, elle compte les pièces, elle hoche la tête en signe de désapprobation, elle m'a volée, murmure-t-elle, on m'a volée, elle remet les pièces dans son porte-monnaie, elle reste quelques instants silencieuse, puis elle recommence, elle ouvre son porte-monnaie, elle vide les pièces sur la table, elle les conte, elle les recompte, il y en a cinq ou six, pas plus, on m'a volée, elle m'a volée, puis elle remet les pièces dans le porte-monnaie, elle reste là, les mains sur son pantalon de pyjama, le regard posé sur une tasse de thé qui refroidit sur le comptoir, puis soudain elle recommence, ses doigts déverrouillent son porte-monnaie, elle en vide le contenu sur la table, une pièce tombe par terre, elle la suit du regard, elle se lève, elle la ramasse, elle se rassoit, vingt, quarante, quatre-vingt-dix, un euro quarante, un euro cinquante, elle m'a volée, se plaint-elle, elle m'a volée, elle fond en larmes, elle m'a volée, j'entre dans la cuisine avec beaucoup de précautions, à pas menus pour ne pas faire de bruit, pour ne pas l'effrayer, je pose ma main sur son épaule, toute tremblante, elle n'a aucune réaction, je m'agenouille jusqu'à ce qu'elle me voie, je ne la reconnais pas dans ces yeux, il y a quelque chose d'égaré là-dedans, qui se débat, quelque chose en processus d'interruption, un cercle subitement amputé, un engrenage qui a désappris la mécanique du mouvement collectif, maman, je murmure, mamounette, quelque chose semble se passer, une étincelle soudaine, elle refait surface, dans ses yeux, elle les fixe dans les miens, Eugénia, qu'est-ce que c'est que ça, si tu veux de l'argent, tu n'as qu'à m'en demander, pas besoin de me voler, elle me jette le porte-monnaie au visage, elle se lève, elle m'insulte, je passe ma main sur ma douleur, c'est du sang, j'ai du sang.

Il a commencé à venir à la maison à cause du poste de télévision, dona Virgínia, avez-vous pensé à ma proposition pour le poste, je le rabrouais tout le temps, ça ne m'intéresse pas, monsieur Joaquim, je n'ai aucune intention de vendre cet appareil, de plus avec l'argent que vous gagnez vous pouvez parfaitement vous en acheter un plus cher et meilleur, vous n'avez pas besoin du mien, il m'interrompait à chaque fois, précis comme un chronomètre, c'est un peu plus compliqué, dona Virgínia, on n'en fabrique plus comme le vôtre, depuis qu'ils ont déménagé les usines au Japon à cause de la main-d'œuvre bon marché, la qualité des téléviseurs produits diminue de plus en plus, il partait alors dans une digression sur les propriétés électromagnétiques des tubes de rayons cathodiques, sur les inverseurs, les convertisseurs, les disjoncteurs et les je ne sais plus quoi, je coupais court, lasse, en effet, monsieur Joaquim, mais je ne connais rien à tout ça, sauf au fait que je ne veux pas vendre, vous comprenez, non, il rigolait, je ne comprends pas, mais je ne peux pas vous contraindre, même si j'ai un peu de mal à comprendre comment vous parvenez à survivre depuis, enfin, depuis ce qui est arrivé, je vous ai déjà acheté des vêtements, puis vos meubles, mon collègue en a acheté autant de son côté, par charité plus que par nécessité, j'entendais ça et je pensais, baissant la tête, il a tout à fait raison, nous n'avons presque plus d'argent, ni de ressources qui nous permettraient d'en obtenir un peu, si ça continue, nous allons perdre l'appartement, nous irons vivre toutes les deux sous le viaduc, mendiant quelques pièces de monnaie dans les rues commerçantes, Eugénia afficherait notre pauvreté avec sa face de lune, puis en arrivant le soir près de nos cartons, ils seraient tous sens dessus dessous, on nous a volé nos vêtements, nos deux seules valises, la bâche en plastique pour nous protéger de la pluie, ce n'est pas ta robe là-bas,

Eugénia, si, maman, c'est la robe que grand-mère m'a donnée pour mon anniversaire, et

comment allons-nous résoudre ça, dona Virgínia, dites-moi, comment allons-nous résoudre le problème de l'argent,

excusez-moi, j'étais ailleurs, je me suis absentée quelques instants, quel problème, monsieur Joaquim,

votre problème, dona Virgínia, votre problème d'argent,

cette question, monsieur Joaquim, comme vous le dites si bien, c'est mon problème, je me débrouillerai, comme je l'ai toujours fait,

vous n'en aurez peut-être pas besoin, ma chère, comment ça, je n'en aurai peut-être pas besoin, dona Virgínia, il me regarde, les bras croisés, peut-être n'en aurez-vous pas besoin, alors moi,

mais qu'entendez-vous par là, monsieur Joaquim, dites franchement ce que vous avez à dire,

je suppose, dona Virgínia, que vous savez écrire,

supposition exacte, j'ai même suivi des cours de dactylographie,

parfait, parfait, répond-il, esquissant un sourire, le maire est mon beau-frère, je ne sais pas si vous le saviez,

non, monsieur Joaquim, je l'ignorais,

pas de problème, vous le savez à présent, c'est le maire, continuait-il, il est à la recherche d'une secrétaire, je pourrais vous pistonner, vous obtenir au moins de passer un entretien, voyez-vous, après ça dépendra de vous, bien entendu, je ne peux pas faire plus, vous comprenez, tout d'un coup, une porte ouverte, une brise printanière nous enlace le corps fatigué, un canapé et non plus le sol,

je ne saurais comment vous remercier si vous acceptiez de suggérer mon nom à votre cousin, monsieur Joaquim, comment donc, dona Virgínia, bien sûr que vous sauriez, bien sûr que vous sauriez,

comment ça, dis-je,

ce n'est pas du tout ce que vous pensez, dona Virgínia, ce n'est pas du tout ce que vous pensez.

Pedro, je t'ai attendu au café où nous avions rendez-vous, je suis sûre qu'il a dû t'arriver quelque chose pour que tu ne viennes pas, appelle-moi ou envoie-moi un message pour me dire comment tu vas.

Je plante là cette pimbêche mal attifée, qui n'a même pas dû comprendre le jeu de mots en anglais, moins encore sa portée, arrive Vítor, désolé pour le retard, ça ne fait rien, réponds-je, sourire, sourire, nous restons là à nous regarder, si maman apprend ça, anticlimax immédiat, les billes de mes yeux tombent par terre, mais qu'est-ce que ça veut dire, à la fin, deux amis, deux personnes ayant récemment fait connaissance avec un intérêt commun pour la philosophie de l'art, où est le mal, il n'y a aucun mal à cela, voilà ce que je vais lui dire si elle m'interroge, oui, maman, j'ai rencontré quelqu'un récemment, nous sommes en train de devenir des amis, c'est normal, nous parlons de Kant et de Husserl, nous allons voir des séances de cinéma gratuit à la fac, ça nous aide pour l'UV de philo médiévale, celle où le prof essaie toujours de nous faire voir la philosophie qui existe en dehors des livres, la philosophie ourlée dans les scénarios de cinéma, la philosophie *cocktail* de la bande dessinée, tu comprends, maman, Vítor interrompt ma digression dans les contrées de nulle part, tu vas bien, Eugénia, il ausculte le fond de mes yeux, moi, dans ma remontée de la tour de contrôle, à mi-parcours, j'attrape la poésie, des vers pleuvent dans ma bouche, tu vas bien, Eugénia, moi, en automate,

membre à membre ils ont coupé mon arbre
seule reste la racine et son vide
et sur-le-champ tout autour la neige chaude
de ses fleurs perplexes
impossibles[11],

il reste interdit, qu'est-ce que c'est que ça, qu'est-ce que ça veut dire, c'est un poème, Eugénia, c'est un poème de toi, tant d'interrogations pour si peu de réponses possibles, je ne sais pas, dis-je, craintivement, un je ne sais pas qui se décompose avant même de toucher terre, comment ça tu ne sais pas, je ne sais pas, Vítor, allons à l'intérieur, tu as vu l'heure,

tu écris de la poésie, n'est-ce pas, Eugénia, dis-moi, n'aie pas peur, et moi, cœur de guimauve tambourinant jusque dans ma bouche, ne le dis à personne et surtout pas à ma mère, promets-le-moi.

Le médecin me reçoit après m'avoir convoquée, j'avais besoin de vous parler, madame, il cherche mon nom au milieu des papiers étalés devant lui,

Eugénia, coupé-je,

dona Eugénia, complète-t-il,

s'il vous plaît, rectifié-je, ne m'appelez pas dona,

oui, bien entendu, Eugénia, nous nous sourions, votre mère, poursuit-il, a insisté pour vous tenir à l'écart du diagnostic,

oui, l'interromps-je, je m'en souviens,

d'accord, mais il est totalement contre-productif que la famille, je vois ici sur la fiche, un instant, il parcourt une fiche pleine de gribouillis, ce qui doit également inclure votre père, reprend-il,

mon père n'est plus avec nous, je coupe,

ah, parce qu'ici pour l'état civil je lis mariée,

en effet, l'interromps-je encore, mais mon père n'est plus avec nous depuis très, très longtemps, il poursuit, embarrassé, en ce cas, peut-être devrions-nous en venir exclusivement au tableau clinique qui caractérise l'affection dont souffre votre mère, d'accord, interrogatif, et moi,

je vous cède le pupitre, docteur, je souris en m'efforçant d'effacer l'anxiété par mon sourire,

il est bon parfois d'employer une expression désuète dans nos rapports avec les structures du pouvoir

alors lui, sourire introductif, mains sur la table : cette maladie comporte trois phases relativement distinctes, bien que certains symptômes puissent se manifester au cours d'un stade différent de celui qui leur correspond, parce qu'en fait les stades ne sont pas étanches entre eux, vous comprenez, moi, incapable de donner corps à un oui, je hoche la tête, pendant le premier stade, qui est celui où est encore votre mère, la personne commence à oublier des choses élémentaires, comme le nom de certaines personnes ou de certains objets, elle a du mal à planifier, ou à respecter une routine, elle a des accès de confusion, elle peut s'égarer en un lieu familier, comme votre mère dans l'épisode de la porte que nous avons commenté lors de la première consultation, la plupart du temps, les gens attribuent ces lapsus à la progression de l'âge, qu'ils les concernent eux-mêmes ou qu'ils concernent leurs proches, car nous savons tous confusément, même en dehors d'un contexte clinique, que le cerveau perd ses capacités au fur et à mesure que nous vieillissons, au cours de la deuxième, qui est habituellement la plus longue des trois, la personne peut se sentir mal à l'aise en société, parce qu'elle ne maîtrise pas comme avant les événements autour d'elle, elle peut oublier des choses plus essentielles, comme son adresse, son numéro de téléphone, le nom de ses parents proches, elle a tendance à s'égarer et à déambuler au hasard, sans savoir exactement ce qu'elle cherche, elle peut changer de rythme de sommeil quotidien, en commençant à dormir le jour et à veiller la nuit, ce qui peut être particulièrement dangereux, elle peut avoir du mal à se laver, à choisir ses vêtements, elle peut se montrer méfiante ou obsessionnelle sur certaines questions, comme l'argent, pendant cette phase l'autonomie est déjà très restreinte, la personne aura besoin d'un accompagnement permanent ou quasi permanent, surtout à l'approche de la troisième et dernière phase de la maladie, durant laquelle la personne cesse d'avoir le contrôle de ses propres mouvements, elle a alors besoin d'aide pour toutes les tâches qu'elle parvient encore à effectuer, pendant cette phase la communication est, dans le meilleur des cas, laconique, mais la plupart du temps inexistante, la personne aura besoin qu'on la lave, qu'on l'habille, qu'on lui donne à manger, même qu'on la retourne dans son lit, elle sera très sujette à l'apparition d'escarres et d'infections opportunistes, spécialement les pneumonies, et tout ce processus peut se dérouler sur une période allant de quatre à vingt ans, c'est très dur pour la famille, dans le cas de votre mère, comme elle est apparue relativement tôt par rapport à l'âge d'apparition moyen, il est possible que la progression soit plus rapide que la normale, aussi, pour l'instant et tant que nous aurons pas une idée plus précise de l'évolution de la maladie, je ne ferais pas de plans sur vingt ans, ni même sur dix, vous comprenez,

non, pensé-je, sans le dire, je ne comprends rien, vous me parlez de trois phases, de stades de la maladie, de choses horribles qui arrivent quand on tombe dans un puits comme celui-ci, je ne comprends rien, trois phases, je divise par neuf, il reste, que se passe-t-il après, docteur ?

après quoi, chère amie,

après ces trois phases,

après ces trois phases la personne meurt, chère amie, et il n'est pas rare que ce soit une bénédiction, surtout pour l'intéressée.

Nous revenions à la maison, elle me donnait le bras, à ma grande surprise, elle qui méprisait tant le contact physique, les gestes d'affection, bon sang, Eugénia, je n'ai pas le temps pour ces enfantillages, les bisous, les câlins, trouve-toi un chien, un chat, une peluche capable de résister à ces assauts perpétuels d'effusions, mais respecte mon espace, Eugénia, mon intégrité physique, tu sais bien que ça ne me ressemble pas de me promener dans la rue en exhibant physiquement mon affection, ni dans la rue, ni à la maison, coupait-elle, chacun est comme il est, Eugénia, est-ce que je critique ta façon de quémander un câlin à tout bout de champ, dis-moi, elle me donne le bras, nous allons passer à l'épicerie, Eugénia, il faut acheter du produit vaisselle et des poivrons rouges,

du produit vaisselle nous en avons acheté hier, maman, l'interrompais-je, et pourquoi avons-nous besoin de poivrons,

tu crois que le petit flacon que tu as acheté hier va durer longtemps, alors moi, effrayée, mais silencieuse, ce n'est pas moi qui ai acheté le produit, maman, pensè-je, vers où allons-nous, comme ça, maman, nous tombons dans un précipice inconnu pour l'une et pour l'autre, qui soutient qui, quand nous tentons toutes deux de nous aider mutuellement, enterrées dans les sables mouvants jusqu'à ce que quelqu'un vienne mettre un terme à nos souffrances en nous faisant tomber sur une grande dalle de marbre où un burin fatigué aura inscrit nos noms et un verset de la Bible choisi au hasard, ci-gisent, pause suivie d'une exclamation, je ne pensais pas qu'elles auraient des noms si longs, se diront les rares présents à l'enterrement, tout de même mourir en même temps, vous vous rendez compte, j'ai entendu dire qu'elles ne sont pas mortes, mais qu'elles se sont tuées, mais ce ne sont que des rumeurs, interrompra quelqu'un d'autre, nous marchons le long des étalages, prenant une chose ici, une autre là, elle ne lâche pas mon bras,

tu trouves bien cette marque, Eugénia,

oui, maman, c'est celle que nous prenons toujours, n'est-ce pas,

oui, c'est bien celle-là, et en arrivant à la caisse, nous avons oublié les poivrons rouges, garde la place, maman, je reviens tout de suite, je vais chercher les poivrons, je demande de l'aide à un employé, les poivrons rouges s'il vous plaît, c'est juste là madame, il m'accompagne à l'étal des végétaux, je ne suis pas habituée à tout ça, me dis-je, brocolis, courgettes, ce truc étrange et violet auquel je crois être allergique, il vaut mieux cherche d'abord la couleur, exclure des hypothèses, les voici, poivrons rouges, combien, ils sont grands, peut-être un seul, mais ils sont bon marché, alors peut-être deux, deux, j'en prends deux, je me dépêche de retourner à la caisse, elle doit être en train de payer, mais quand je m'approche de la queue, je la trouve en train de danser, toute seule, je pense encore à la possibilité d'une mauvaise crise, mais c'est vraiment de la danse, elle remue les hanches, elle tourne, elle me regarde, elle me sourit, viens ici, Eugénia, c'était la musique préférée de ton père, viens ici, Eugénia, elle me tire par les mains, on va danser.

Il a été trois jours sans venir à la maternité, moi déjà prête à sortir avec la petite, vous ne pouvez pas continuer à occuper ce lit indéfiniment, ma chérie, me disait une infirmière, une des rares qui daignait me parler sans le regard fuyant que les autres m'adressaient, celle-là, son mari l'a quittée, entendais-je dire dans mon dos, ce qui ne m'atteignait plus, elle ne s'occupe même pas comme il faut de la petite, le bébé pleure la plus grande partie de la journée, des pleurs déchirants qui me transpercent le crâne endolori, je n'ai jamais dormi sur un oreiller aussi dur, je n'ai jamais dormi aussi peu, je n'ai jamais dormi aussi mal, cette enfant ne se tait pas, je ne sais plus quoi faire avec elle, une infirmière vient me demander si elle a déjà mangé, si je l'ai changée, et moi, non, non, elle hoche la tête réprobatrice, elle va beaucoup souffrir cette gamine, dit-elle pour elle-même, elle écarte le pan de ma ridicule blouse d'hôpital, elle me met le sein à l'air et accouple la bouche du bébé au mamelon, voilà, au moins elle ne mourra pas de faim, je reviens tout de suite pour lui changer sa couche, je reste avec la gamine, lamproie en coton plantant ses petits doigts sur mon sein, moi, inexpressive, pompe à essence en débâcle hormonale, et s'il ne revenait pas, pensais-je, jour et nuit, si nous restions ici toutes les deux, abandonnées, jusqu'à ce qu'au moins mes parents se souviennent de nous, mais vous êtes encore là, ma fille, que se passe-t-il, ils ne vous laissent pas sortir, et moi, effondrée, pleurant pour la première fois depuis l'accouchement, il est parti, maman, il ne reviendra plus, nous sommes toutes seules, il voulait tellement un garçon, tu aurais dû voir sa tête quand il a vu le bébé, qu'est-ce que tu nous a fait, Virgínia, une fille, dis-moi que ce n'est pas une fille, Virgínia, puis il a tourné le dos et il a disparu dans l'infirmerie, j'ai couru derrière, Aniceto, il n'a pas ralenti le pas, Aniceto, j'étais toute faible de l'effort, je le vois disparaître dans le couloir, Aniceto, mais soudain je le vois apparaître à côté de moi, les miasmes du cauchemar se dissipent, tu es revenu, Aniceto, et lui, nous regardant, inexpressif, prends tes affaires et Eugénia, Virgínia, on s'en va, un taxi nous attend.

Merci d'avoir accepté cette réunion si rapidement, Eugénia, il n'y a pas de quoi, professeur, Eugénia, m'interrompt-il, vous n'avez pas encore laissé tombé le titre, nous sommes tous deux professeurs, ma chère, quand cesserez-vous avec ça, et moi, honteuse, excusez-moi, monsieur le professeur, c'est plus fort que moi, j'ai été élève pendant tant d'années, mais vous ne l'êtes plus, Eugénia, me répond-il, souriant, je le serai toujours, professeur, où alors il vaudrait mieux que je cesse de donner des cours, c'est exact, coupe-t-il, je comprends très bien et je loue votre volonté constante de vous surpasser, et c'est précisément le motif, les cours, qui m'a conduit à vous convoquer aujourd'hui,

Eugénia, comme vous savez, en ma qualité de directeur, j'ai la tâche délicate et désagréable de rappeler à l'ordre au sujet de certains comportements ou de certaines conséquences des actes des professeurs de ce département, vous comprenez,

bien sûr, professeur, je comprends parfaitement, parfait, poursuit-il,

parfait, en ce cas je suis sûr que vous comprendrez, tout aussi bien, que rien de ce que je vais vous dire n'a un caractère personnel, il s'agit juste d'une façon informelle d'accomplir une formalité concernant votre situation et votre manière d'exercer les fonctions qui vous ont été confiées et, si vous permettez, je commencerai par vous poser une question, ne serait-ce que pour avoir les idées plus claires pour poursuivre notre dialogue, dites-moi donc, Eugénia, pour autant que vous puissiez et que vous veuillez me le dire, est-ce qu'il vous arrive quelque chose dans votre vie qui vous perturbe, alors moi, désarçonnée, troublée, qu'entendez-vous par là, professeur, et lui, réajustant ses lunettes sur son nez, et bien, rien d'autre que ce que je demande, nous sommes inquiets à votre sujet et nous cherchons à savoir si votre comportement au cours des deux derniers mois résulte d'une perturbation dans votre vie que nous ignorons, vous comprenez,

mon comportement, dis-je,

oui, Eugénia, vos absences réitérées, surtout aux cours en fin de journée, ça ne vous ressemble pas et ça nous inquiète, parce qu'en dernière analyse, ceux qui sont pénalisés par cela, ce sont vos élèves, et ceux-ci se disent démotivés, perdus, ils n'ont rien d'autre qu'un programme de l'année, même s'il est très détaillé, comme à votre habitude, et une bibliographie exhaustive, mais ça ne suffit pas pour enseigner la matière en tirant d'eux le plus grand rendement, comme vous devez bien le comprendre, Eugénia, et c'est pourquoi il nous a semblé opportun d'avoir cette conversation avec vous, en commençant par vous demander s'il n'y aurait pas quelque chose dans votre vie qui pourrait perturber votre assiduité et la qualité de votre travail ici à la faculté, vous me suivez, bien sûr, professeur, j'ai les mains sur les jambes, je retourne malgré moi à l'école primaire, dans la cour des pigeons se disputent un morceau de pain, avec mon petit doigt j'essaie de gratter un reste de peinture sur la fenêtre, il suffit d'un peu d'attention pour voir que tout est sale, me dis-je, la maîtresse arrive sur la pointe des pieds, qu'est-ce qu'il y a donc de si intéressant dehors, Eugénia, je ne sais que lui répondre ce que les yeux voient par-dessus ce qu'il y a,

on demande un nom et personne ne répond
où se trouve cette île où l'on n'arrive que par naufrage[12],

puis je retourne à ma place avec le picotement de la gifle sur ma joue,

à la maison les choses ne sont pas simples, reprends-je, pour tout vous dire, ma mère a été diagnostiquée malade d'Alzheimer, j'essaie de tout faire pour éviter d'avoir à engager quelqu'un pour s'occuper d'elle, ce serait un rude coup pour son estime de soi, ma mère a toujours été une femme très indépendante, elle s'est occupée de moi quand mon père nous a abandonnées, elle a été maire pendant de nombreuses années, elle ne fait pas son âge, elle est pleine d'énergie, très déterminée, très pragmatique, mais la maladie a fait des progrès plus rapides que la normale, parfois c'est pire quand ce sont des personnes jeunes qui sont atteintes, je veux dire relativement jeunes pour avoir cette maladie, vous comprenez, je respire, il s'enfonce dans son siège, le menton sur la main, je ne savais pas, Eugénia, je suis désolé, je ne savais pas, il retourne son regard vers l'intérieur, voici ce que nous allons faire, continue-t-il, prenez la moitié d'un congé sabbatique, nous compenserons dans deux ans, restez chez vous pour vous occuper de votre mère, tenez-moi au courant et l'année prochaine, en fonction de l'évolution des choses, nous en reparlerons et nous aviserons, qu'en dites-vous, merci, professeur, sanglot, merci, j'écrase une larme.

Les premiers temps hors de la mairie ont été très pénibles, ne plus avoir d'horaires, ne plus avoir de raison de sortir de chez moi,

avoir même honte de sortir de chez moi, regarder par terre en croisant des gens qui me saluent, bonjour, dona Virgínia, bonsoir, dona Virgínia, des voix en goudron et en plumes, je reconnais bien ceux qui n'ont pas voté pour moi, les traîtres, le pharmacien à qui j'ai procuré une place de stationnement pour la livraison de ses produits, les vendeurs du marché, qui ont attendu vingt ans une réparation de la toiture qu'ils désespéraient de voir un jour, les bigotes me tannant tous les jours avec leur malheureuse église tombant en miettes,

je passais mes journées à attendre 18 h 30, l'heure où Miguel venait me voir à la maison, vous n'imaginez pas, dona Virgínia, ils sont totalement inexpérimentés, pour ne pas dire complètement idiots, et ils sont en train de détruire le travail d'une décennie, votre travail, à coups de décisions incompréhensibles, vous vous souvenez de l'arcade au-dessus de la remise du jardin,

je m'en souviens, bien sûr, disais-je,

ils veulent la démolir pour construire une balançoire,

quelle horreur, mais où vont-ils ranger les outils de travail,

personne ne sait, dona Virgínia, personne ne s'en soucie, ils tâtonnent, c'est à la va-comme-je-te-pousse, moi, j'en reste complètement bouche bée,

mais ils ne se sont pas entourés de conseillers, quelqu'un au moins ayant un peu d'expérience, pour leur éviter de se prendre les pieds dans le tapis dans tous les domaines,

personne, dona Virgínia, répondait-il, consterné, ils n'ont personne, ils n'ont l'intention de recruter personne, quant à moi, ils ne me font pas confiance, en raison de notre proximité,

mais il y a de l'argent, Miguel,

bien sûr qu'il y a de l'argent, mais ils ne veulent pas le dépenser en personnel,

alors que veulent-ils,

ils veulent renégocier les contrats avec les fournisseurs, passer commande auprès d'entreprises appartenant à leurs amis ou à des membres de leurs familles, ils auront recours au garage du beau-frère de je ne sais plus qui, à l'imprimerie qui a tiré votre matériel de campagne presque gratuitement, vous voyez ce que je veux dire, dona Virgínia,

parfaitement, Miguel, c'est une catastrophe, mais il y a des contrats-cadres, des commandes qui ne peuvent pas être résiliées facilement, comment pensent-ils régler ça, je ne sais pas, dona Virgínia, je les ai surpris à parler d'un emprunt à la banque pour pouvoir payer des indemnisations, mais je n'ai pas pu comprendre quel en était l'objet exact, si c'était pour des marchés, pour des commandes ou pour des dépenses de personnel,

ce n'est certainement pas pour du personnel, vous vous souvenez de la fois où nous avons voulu licencier le chauffeur affecté aux transports de personnes et de matériaux pour l'entretien des jardins,

bien sûr, dona Virgínia, monsieur Alberto,

exactement, acquiesçais-je, il était toujours éméché, du matin au soir, il a un accident avec la fourgonnette, il s'enfuit pour ne pas avoir à souffler dans le ballon, il est reconnu coupable, nous payons une fortune pour la réparation de la fourgonnette et, même avec une procédure disciplinaire, après je ne sais plus combien de convocations, il nous a été impossible de le virer, le syndicat a serré les rangs, il s'est trouvé des gens qui ne le connaissaient pas, des gens qui ne l'aimaient pas, pour témoigner en sa faveur, c'est l'esprit de meute, Miguel,

cet emprunt ne va pas servir à payer des indemnités de licenciement, l'argent va servir pour couper les ponts avec les entreprises que nous avons choisies parce qu'elles étaient les moins-disantes, dona Virgínia, interrompait-il,

assurément, Miguel, mais ces gens-là ne pensent pas comme nous, ils sont là pour gagner de l'argent sur le dos du trésor public, ne voyez-vous pas, bien sûr que si, dona Virgínia, bien sûr que si, c'est une catastrophe, mais c'est une catastrophe passible de remède, dans moins de quatre ans il y aura des élections, dona Virgínia, je sais, Miguel, mais qui peut changer tout ça, dites-moi, vous le pouvez, dona Virgínia, vous n'avez qu'à vous présenter aux prochaines élections, personne n'est aussi bien placé pour chasser cette canaille, les gens se souviennent de votre travail, de la rigueur, surtout après les trois ans de décomposition qui s'annoncent, mais Miguel, je ne suis pas sûre de vouloir avoir de nouveau un rôle actif en politique, Miguel, je ne suis vraiment pas sûre.

Pedro, tu dois crouler sous le travail, ces traductions, dont tu m'as parlé la dernière fois que nous nous sommes vus, mais s'il te plaît réponds à mes messages, je me languis de toi.

J'entre et je m'assieds dans ce cabinet minuscule, prise en sandwich entre les cartons et les traités de gériatrie, il entre et écarte sa blouse de son dos en un geste automatique pour ne pas la froisser en s'asseyant,

qu'est-ce qui nous vaut cette nouvelle visite, Eugénia, y a-t-il du nouveau relativement à la situation de

puis, ajustant ses lunettes pour déchiffrer dans sa propre écriture le nom de maman

Virgínia, dona Virgínia, son état s'est-il altéré, y a-t-il eu une détérioration subite,

J'ai besoin que vous fassiez interner ma mère, l'interromps-je
il se repose sur le dossier de sa chaise fatiguée, il ajuste ses lunettes sur son nez,

Eugénia, nous en avons parlé lors des premières consultations, comme je l'explique à tous mes patients et à tous leurs accompagnants, ce n'est pas possible, vous savez bien, c'est regrettable, mais nous ne disposons ni d'assez de lits, ni d'assez de personnel pour une prise en charge en soins continus, qui pourrait durer des mois ou même des années, dans notre système de santé actuel, malheureusement, les patients atteints d'Alzheimer ne peuvent avoir l'accompagnement qu'ils mériteraient, dont les familles ont besoin, et dont moi-même

docteur, j'ai besoin que vous fassiez interner ma mère, l'interromps-je,

ce n'est pas possible, Eugénia, il n'y a pas moyen, ce n'est pas possible, comme je viens de vous le dire, même si je le voulais très fort, même si ça dépendait de moi,

il se repose de nouveau sur le dossier de sa chaise, nous restons tous deux silencieux, nous observant comme des joueurs de poker, le son de la radio augmente soudain, c'est une réclame pour un festival d'Été, avec les doigts de sa main droite, il fait tourner son alliance

je ne sais quoi vous dire de plus, Eugénia, d'autant que vous avez des ressources, je l'interromps de nouveau ce n'est plus le cas

ce n'est plus le cas ?

ce n'est plus le cas

il s'appuie encore sur le dossier et nous redevenons silencieux, on entend au loin une sirène d'ambulance, un avion qui se prépare à atterrir à Portela, la voix d'une assistante administrative annonçant le nom d'un patient, puis le nom d'un médecin, un numéro de salle, il tambourine sur la table avec ses doigts, puis il consulte sa montre

tous mes regrets, je ne vous demande pas ce qui s'est passé, c'est votre intimité, cela ne me regarde pas, mais comme je vous l'ai dit, il n'y a pas moyen

il se lève une première fois, il enlève sa blouse, il la suspend à une patère, son derrière est aussi lisse que celui de Yoko Ono,

je n'ai aucun moyen de vous aider, il est absolument impossible d'interner votre mère, je vous l'ai déjà dit, les maladies dégénératives comme Alzheimer exigent des ressources que nous n'avons pas, des ressources que, malheureusement, nous n'aurons peut-être jamais

je perds patience, ce n'est pas ce que j'attends, ce n'est pas ce dont j'ai besoin,

il doit y avoir une solution, Docteur, je crie, il réplique en élevant également la voix,

il n'y en a pas, j'aimerais bien qu'il y en ait, mais il n'y en a pas, les patients dans cette situation, reprend-il, plus calme, ne sont internés que lorsqu'ils ont un autre problème quelconque, qui peut très bien n'avoir aucun rapport avec Alzheimer, une pneumonie, une fracture,

vous voyez bien qu'il existe au moins cette solution, l'interromps-je,

oui, Eugénia, mais c'est autre chose.

Je n'ai pas obtenu mon transfert, maman, je regrette, cette année il y avait très peu de places, énormément de candidats, c'est une année très compliquée pour les transferts, tu te souviens que je t'en ai déjà parlé, les papiers, Eugénia, va me chercher les papiers de la demande de transfert, m'a-t-elle coupé, dépêche-toi, je ne sais plus où ils sont, ai-je bafouillé, je ne me souviens plus où je les ai mis, je suis très tête en l'air pour ces questions bureaucratiques, c'est toi qui as rempli le formulaire, tu te souviens ?

parfaitement, Eugénia, pour te rendre service j'ai passé plusieurs heures à étudier les règles des unités de valeurs, les procédures d'équivalence et de tout ce qui concerne les transferts entre facultés, j'ai fini par réunir un gros dossier, je suis sûre qu'un document de cette épaisseur, même dans ta chambre, ça ne s'égare pas facilement, ne veux-tu pas aller me le chercher, Eugénia, alors moi, déconcertée, les mains tremblant sur mes genoux, poussée par la culpabilité comme par un raz-de-marée intérieur, un poème me tombe sur la langue, je le retiens péniblement, je l'avale, il a un goût d'échec, échec en capsule gélatineuse digérée dans l'œsophage, pavé dans la mare gastrique, aigreur d'estomac immédiate et impossible à cacher, pas la peine de faire cette tête de dégoûtée, Eugénia, je ne te demande rien de compliqué, va juste me chercher le dossier, je crois que même toi, tu es capable de faire ça, je reste là, la gorge obstruée par l'œuf du poème, incapable d'articuler un mot, je fais non de la tête, je laisse une bulle de salive se former dans ma bouche, maman me regarde, interrogative, non, Eugénia, comment non, qu'est-ce que c'est que cette histoire, je ne te demande rien, je te l'ordonne, va me chercher les documents que je me suis donnée le mal de remplir moi-même, je te l'ordonne, je suis ta mère, Eugénia, j'avale la bulle de salive dans l'espoir d'évacuer le poème que j'ai dans le gosier, mais c'est l'inverse qui se produit, je m'éclaircis la voix, *mezzo soprano* en chemise de nuit à fleurs, je me lève, triomphante,

je vais tomber parmi
les plis épouvantables de l'air
et me défaire[13],

deux, trois secondes passent, une éternité fractionnée, maman se dresse d'un bond, je protège mon visage avec mes mains, ça va commencer.

Nous entrons dans l'amphi, ils s'affairent déjà autour de l'ordinateur, s'efforçant de synchroniser les sous-titres brésiliens avec les intertitres en allemand qui surgissent de temps à autre pour souligner tel ou tel aspect du film, la traduction est très mauvaise, elle rivalise en qualité avec les traductions du grec de mes collègues de première année, où les princesses trouvent des pressoirs et des choses se produisent dans les bosquets, tout contents, ils rendent leur copie comme ça, persuadés que le grec ancien est une langue de poètes ou d'étourdis étrangers à toute idée de sens, puis ils obtiennent le charitable dix qui leur permet d'être dispensés d'examen, bien contents, persuadés que savoir déchiffrer la moitié de l'alphabet et être capables de jeter sur les tables des terrasses une douzaine de mots grecs, suffit pour le tourisme dans l'antiquité auquel ils s'adonnent, pendant que moi je suivais des semestres de grec jusqu'à épuisement des matières optionnelles, je ne manquais aucun séminaire facultatif, mesurant la toile serrée d'imbrications dont nous n'avons recueilli qu'une partie infime, les fumistes de l'association étudiante continuent à s'acharner sur le clavier pour tenter d'ajuster la taille des sous-titres, personne ne sait l'allemand, il me dit, pourquoi ne vas-tu pas leur donner un coup de main, je préférerais ne pas, réponds-je,

Bartleby, coupe-t-il, en souriant,

Bartleby, reprends-je, nous restons pour voir le film, parfois je lui traduis quelques passages, quand il me demande de l'aide, et nous rions tout bas des sous-titres brésiliens, écrits en braille par une association perce-neige, nous nous avachissons sur les chaises, il fait très chaud dans la salle, en dépit du souffle courageux de l'air conditionné, soudain, il pose sa main sur ma jambe, un moment je me demande si ce n'est pas une erreur d'aiguillage, un atterrissage sur la mauvaise piste, mais la main reste là, ma jambe commence à trembler, mon talon vibre au rythme de ces musiques endiablées des boutiques de fringues, il va comprendre, me dis-je, il va comprendre que je ne veux pas ça, du moins pas ici et maintenant, au milieu de ce guêpier de regards, la lumière peut s'allumer d'un moment à l'autre, tu l'as vue celle-là, dira-t-on, en fin de compte ce n'est pas la petite sainte-nitouche qu'on s'imagine, je ne veux vraiment pas les inciter à me tourmenter encore davantage, je laisse glisser ma main jusqu'à la sienne, j'appuie, *stop*, pensé-je, certaine que le message sera compris et traité convenablement, mais il fait tout à l'envers, sa main glisse sur la mienne et remonte le long de ma cuisse jusqu'au mont-de-vénus, je ferme les yeux sur le vertige du désir, ses doigts explorent les plis de mon pantalon jusqu'à mettre mon clitoris à découvert, tout va très vite, j'ouvre les yeux sur la toile blanche où le film est projeté, il y a un contraste saisissant entre la lumière ciselant le profil de la créature fantasmagorique et le noir qui s'étale comme une mer de goudron jusqu'à en avoir la saveur dans la bouche, je manque d'air, poisson hors de l'eau qui gesticule vainement pour mordiller la vie, le vouloir de ma volonté prend les commandes de ce corps en processus de fermeture, ma main se dirige vers la sienne, elle la chasse de mon entrejambe où elle s'était installée en régime de sonde géologique, ma bouche accompagne la manœuvre, Victor, je murmure, arrête, alors lui, me regardant comme s'il me voyait pour la première fois, mais où est le problème, Eugénia, tu es vierge, c'est ça, tu es vierge ?

Quand nous parlons d'amour, notre esprit est normalement biaisé par l'acception mondaine de la notion, que ce soit en raison des interprétations classiques des psychologues et des anthropologues, ou même de celle des neurosciences modernes, qui voient toutes dans l'amour un épiphénomène résultant de processus psychologiques, relationnels ou neuronaux, réduisant ainsi la question du sens à celle de la vulgaire causalité matérielle, comme si Platon, exemple classique, se levait parce que ses muscles le lui permettent, et non pas pour saluer ses amis, puis nous avons une profusion de thèses dans la culture populaire et dans le sens commun qui se développent à partir de ces interprétations, selon lesquelles l'amour est l'attraction des contraires et autres formes de baratin, car en vérité c'est de cela qu'il s'agit, messieurs, c'est du baratin, plus ou moins sophistiqué, ou au contraire simpliste, mais toujours faussé par un biais qui compromet dès le départ toute possibilité de produire un sens capable de rendre compte et d'accompagner le phénomène que nous appelons l'amour.

Si nous envisageons la structure particulière de l'événement vie, c'est-à-dire sa manière de se produire, nous constatons que la métaphore la plus adéquate pour la décrire est celle du théâtre, chaque sujet habite sur scène et fait des choix, improvisant devant le parterre, structurellement condamné à s'occuper de lui à tout moment, condamné à produire une version de lui-même pouvant faire office de nord magnétique dans l'orientation de son avenir, tout cela devant le parterre, un parterre distribué en fonction de l'importance des liens avec le sujet, les proches occupent les premiers rangs, les parents, les amants, les enfants, tous ceux qui contribuent d'une manière invasive à la définition de l'identité du sujet, les rangs suivants sont occupés par des gens dont l'importance est inversement proportionnelle à la distance qui les sépare de la scène, jusqu'à la zone obscure où sont assis ceux que nous ne connaissons pas, si nous approfondissons cette analyse préliminaire, nous nous apercevons que c'est la structure du parterre qui conditionne les places occupées par les gens, non l'inverse, c'est-à-dire que c'est la tension affective du sujet de la pièce envers chacun des spectateurs qui détermine la rangée et le siège qu'il occupe, mais le rapport n'est pas bidirectionnel, en d'autres termes, la personne assise au premier rang n'est pas obligée de donner à l'acteur de la pièce une place équivalente dans le parterre de la pièce jouée dans son propre théâtre, car chaque spectateur est, simultanément, acteur, sans que cela ne provoque des troubles identitaires, car chacun joue, à chaque instant, une panoplie de rôles présidée par une identité indivise.

Comme vous l'aurez deviné, la pièce dure tant que dure la vie, si bien que la possibilité que des spectateurs entrent ou sortent pendant le spectacle est, non seulement réelle, mais c'est même l'un des caractères premiers et indispensables de la structure de l'événement, des gens meurent, d'autres naissent, certains se présentent tout d'un coup avec une telle intensité qu'ils occupent directement un siège au premier rang, parfois un siège vide, d'autres fois un siège dont ils expulsent l'occupant qui voit tout d'un coup son importance gravement diminuée par l'apparition d'une personne capable de le déposséder de la place qu'il tenait dans la vie de l'acteur, ces incidents se produisent continuellement, ce ballet d'entrées, de sorties, d'échange de places, de promotion ou de rétrogradation, c'est le sujet de la pièce qui décide, à chaque instant, de l'attribution des places, qui sont en nombre limité, le parterre n'étant pas infini, le sujet ne semble donc pas avoir la capacité, innée ou acquise, d'élargir le parterre comme il veut, l'organe qui régit l'affectivité a ses limites, bien que diffuses et imprécises, de sorte que le sujet sera, d'une certaine manière, condamné à jouer devant ce qui se présente.

Or, malheureusement, ce qui se présente est également limité, il y a des gens irremplaçables, pensez à vos parents, par exemple, il y a des gens dont la perte déclenche une débandade générale, le sujet se trouvant obligé de continuer à jouer devant une assistance réduite, les rangs de devant complètement vides, l'identité de l'acteur

qui est archimèdiquement fondée sur le fait qu'il joue devant un public, ce public étant, comme on l'a vu, une quote-part structurelle et constitutive de ce qu'il est,

amputée par l'absence, le sens de la vie subitement contraint par l'indétermination, où vais-je, pour quoi, et, surtout, pour qui, comment repeupler cette zone territoriale autour de mon nombril, que nous appelons communément sphère affective, qui peut briller de façon assez intense dans le public pour faire converger vers lui l'ensemble du spectacle, qui peut l'amour ?

Joana est arrivée vers la fin de la journée, j'étais fatiguée d'interviewer des infirmières retraitées pleines de tics paternalistes, c'est un lit articulé, demandaient-elles, comment ça articulé, répondais-je, nous permet-il de la retourner pour la laver sans nous casser la colonne vertébrale, plaisantaient-elles, à quoi je rétorquais, épouvantée, mais elle n'est pas malade, enfin pas de cette manière, balbutiais-je, voyons, mademoiselle, s'empressaient-elles de conclure, c'est une question de temps, vous feriez mieux d'en acheter un dès maintenant, en prenant le temps, plutôt que de devoir négocier dans l'urgence avec un de ces truands des boutiques de matériel orthopédique, faites-moi confiance, mademoiselle, si vous voulez, appuyaient-elles, j'ai un cousin qui est dans la branche, il pourra

vous faire une bonne ristourne, puis elles me tendaient une carte jaunie que je jetais aussitôt sur la table, mais elle est très bien sur le plan physique, hasardais-je encore, à quoi elles se contentaient de rire.
Bien plus mince et joviale, Joana ne comprenait rien au métier d'infirmière ni aux soins aux personnes en état de dépendance, mais dès qu'elle s'est assise elle m'a dit : je ne vais pas pouvoir rester aussi longtemps que nous le souhaiterions l'une et l'autre, alors moi, surprise,

comment ça,

je suis enceinte, a-t-elle déclaré, de quatre mois, de sorte que même si nous nous mettons d'accord sur les conditions de travail, il est très probable que je ne serai pas en mesure de remplir la mission comme vous le souhaitez, en tout cas en assurant une présence répondant aux exigences de la situation, moi, ajustant encore mon derrière sur ma chaise, assez tentée de lever le doigt pour demander la parole, histoire de me rendre compte que je ne savais absolument pas ce que je voulais dire, parce que votre mère, continuait-elle, a besoin de stabilité et d'une attention continue, elle a besoin d'une présence pendant ses moments d'absence, pas d'une béquille, cette confusion est une erreur très répandue, votre mère, poursuivait-elle, pontifiante, est dans une phase où elle alterne encore les moments de lucidité avec l'obscurité propre à cette terrible maladie, la traiter comme une enfant ne fera qu'amplifier l'anxiété et la frustration, c'est pourquoi il me semble plus adéquat d'être très attentifs dans notre manière de lui apporter des soins, afin de lui éviter tout *stress* excessif, vous êtes d'accord avec moi,

oui, ai-je laissé échapper, moitié timide, moitié curieuse de voir comment elle allait terminer son allocution mais, à l'intérieur, j'étais déjà convaincue, je me demandais déjà comment je ferais pour la remplacer le moment venu, je me voyais déjà lui faire la bise en arrivant à la maison, et elle, infatigable : l'alimentation est bien plus importante qu'on ne le pense, ce n'est pas par hasard que les médecins qui s'y connaissent un minimum appellent l'intestin le « second cerveau », le saviez-vous, presque tout le monde l'ignore, ces choses ne circulent que parmi un cercle très étroit de personnes, malheureusement, mais c'est le monde que nous avons, il faut nous retrousser les manches, je ne connais pas bien le quartier, mais j'ai vu qu'il y a un bon supermarché bio dans les alentours, vous aimez les soupes, j'espère que vous aimez les soupes, je fais d'excellentes soupes.

Et moi je le regardais en attendant le commencement du rire, c'est une blague, dona Virgínia, bien évidemment, riez, madame, la vie est courte, il faut savoir s'amuser, à quoi bon traîner ici-bas si l'on refuse de rire, n'est-ce pas votre avis, mais elle rien, elle ne déride pas, il porte la main à la poche de sa chemise et prend une cigarette sans filtre qu'il enterre sous sa moustache, ce n'est pas du tout ce que vous pensez, dona Virgínia, il allume sa cigarette, un tabac brun à l'odeur âcre dégageant des filaments de fumée qui vont se briser contre le plafond, vous avez une fille à élever, n'est-ce pas, moi je ne fais que suivre, sans oser dire un mot, dans la situation où vous vous trouvez, dona Virgínia, je n'ai pas l'impression que l'argent des meubles durera éternellement, c'est pourquoi je vous demanderai d'avoir l'ouverture d'esprit d'écouter une proposition qui peut nous être bénéfique à tous les deux, en êtes-vous capable, dona Virgínia, nous pouvons aussi en rester là, nous échangeons encore quelques propos sur le poste de télévision, je sors, je prends ma voiture et nous faisons comme si cette conversation n'était jamais arrivée, c'est à vous de voir, dona Virgínia et moi, sans vraiment savoir pourquoi, les mots ruissellent dans ma bouche, rigole sauvage, continuez, monsieur Joaquim, je veux voir où vous voulez en venir, il ajuste ses bretelles sur son ventre de gésiers et de bière, alors voilà, dona Virgínia, il y a plein d'hommes qui ont des amantes, en dehors du mariage, bien souvent, les femmes dans votre situation,

quelle situation, coupé-je,

séparée,

je ne suis pas séparée, monsieur Joaquim,

exact, glisse-t-il, exact, mais essayez de m'écouter jusqu'à la fin sans m'interrompre, dona Virgínia, si vous voulez bien, j'acquiesce de la tête, il poursuit, ce n'est pas là mon objectif, que ce soit bien clair, je veux dire, je ne veux pas vous avoir pour amante au sens classique, c'est-à-dire, nous n'avons pas besoin de faire ce qu'un homme et une femme font normalement dans une chambre, vous comprenez,

monsieur Joaquim, je vous en prie, l'interromps-je, et lui, avec la paume de sa main, il me fait signe de rester calme,

ce n'est pas du tout ce que vous pensez, dona Virgínia,

je ne sais plus quoi penser, réponds-je, laissez-moi vous apporter un cendrier ou alors vous allez me mettre plein de cendres sur mon parquet, je vais à la cuisine, je heurte de mes doigts une rangée de soucoupes rangées à la verticale qui retombent comme des dominos,

tout va bien, dona Virgínia, je réponds oui, tout va bien, rien de cassé, juste une maladresse, la vaisselle propre mal rangée, c'est probablement Eugénia, j'ajoute, puis je reviens avec un cendrier en porcelaine, un cadeau de mariage, cimetière d'innombrables mégots, je le lui tends, merci, dona Virgínia, alors laissez-moi conclure, s'il vous plaît, oui, dis-je, oui, c'est une affaire qui implique clairement un échange, je paie votre loyer, je vous donne un peu d'argent pour les courses, je parle avec mon cousin pour l'entretien,

et quel est mon rôle dans l'affaire, l'interromps-je,

vous n'avez aucune patience, n'est-ce pas, dona Virgínia,

très peu, monsieur Joaquim, de moins en moins, pour la première fois, il baisse ses yeux à terre, petit mammifère sujet à la honte,

j'aime recevoir quelques fessées, dona Virgínia,

comment, interromps-je,

j'aime bien recevoir quelques fessées, plus fort cette fois, pas forcément avec la main, dona Virgínia, j'ai du matériel pour ça.

Choisir notre mort à temps et l'aimer[14].

Je m'assieds au même endroit, à la même table, je commande un thé, je fais semblant d'écrire dans un cahier à couverture noire, de temps en temps j'écris quelque chose, je dresse des listes, acheter du papier toilette, des essuie-tout, des sacs-poubelles parfumés, des fruits variés, maman aime les mangues et les bananes, moi je préfère les pommes vertes, elles me rappellent toujours le premier shampoing que maman m'a acheté, après bien des pleurnicheries et les taloches qui vont avec, il sentait si bon que j'avais envie d'en boire, et un jour c'est ce que j'ai fait, j'ai mis le flacon contre ma bouche et j'ai bu deux grandes gorgées, ça avait un goût atroce, en effet, mais j'ai fait des bulles tout l'après-midi, maman, moitié inquiète, moitié furieuse, petite sotte, petite sotte, tu ne fais que des bêtises, elle menaçait de m'emmener chez le médecin qui prescrivait des remèdes de cheval pour le moindre malaise, alors j'avalais un grand coup d'air puis je faisais des rots formidables projetant avec ma bouche une nuée de petites bulles, tachant que je ne m'en aperçoive pas, maman partait rire dans la cuisine, elle qui avait désappris le rire depuis que papa avait quitté la maison, du dentifrice, il ne faut pas que j'oublie le dentifrice, Pedro arrive enfin, il s'assied à l'autre bout du café, il commande un verre de vin rouge, il savoure la première gorgée les yeux fermés, il soupire, il jette sur la table un paquet de tabac à rouler, un briquet, un vieux téléphone portable et des clés, il se roule une cigarette, il l'allume, va-t-il me reconnaître cette fois, va-t-il se rappeler m'avoir signé son livre, le poème que j'ai lu lors de l'*open mic* du Troquet des Noirs, il envoie quelques ronds de fumée par-dessus la chaise devant lui, il sait tout faire, il fait tout bien, Midas intégral, je plonge mon regard dans mon cahier, vous prenez autre chose, mademoiselle, interrompt le garçon,

pardon ?

je vous demande si vous prenez autre chose,

je veux bien un autre thé, s'il vous plaît,

le même ?

le même, je confirme, puis je reviens à ma liste de courses, je me perds à chaque fois au chapitre des détergents et des assouplissants, c'était toujours maman qui faisait les courses, moi je la suivais en pensant à autre chose, dépêche-toi, Eugénia, ni toi ni moi ne voulons y passer la semaine, dépêche-toi, et soudain une ombre sur le cahier, je monte le périscope, c'est Pedro, son verre à la main, je peux m'asseoir ici, et moi, petite sotte, petite sotte, les mots sortent comme des petites bulles,

bien sûr que vous pouvez, il n'y a personne,

en ce cas, je vais juste chercher mes affaires,

bien sûr, vos affaires.

Eugénia, apporte-moi le cahier des charges du marché des espaces verts

Eugénia, ça fait des heures que j'attends le président de l'assemblée

Eugénia, quand est-ce que ton grand-père va se décider à rentrer à la maison

Eugénia, qu'est-ce que cette personne fait dans ta chambre

Eugénia, quand est-ce que tu m'envoies tes notes de ce trimestre

Eugénia, ce bureau est immonde, il y a combien temps que la femme de ménage n'est pas passée

Eugénia, comment ça se fait que nous avons désormais deux salles de bains

Qui êtes-vous, que voulez-vous, sachez que je ne suis pas seule à la maison,

Eugénia, va me chercher le responsable du projet

Eugénia, ce soir nous avons les grands-parents à dîner, n'oublie pas

Eugénia, la chatte

Eugénia, où est passée la chatte

Eugénia
Eugénia
Eugénia
Eugénia

Moi, j'appelle, j'envoie des messages texto et des courriers électroniques avec des titres en majuscules, rendez-vous d'urgence, des accusés de lecture, mais de l'autre côté c'est silence total, comme si la personne avait soudain cessé d'exister ou comme si elle n'avait jamais existé.

Voici ce qu'on va faire, Eugénia, quand tu iras signer ton contrat prends avec toi ce papier avec le RIB du compte sur lequel ils devront verser mensuellement ton salaire, tu comprends, l'argent sort de leur compte à eux, c'est une simple opération de trésorerie, puis il est déposé sur ton compte quelques jours plus tard, au fait, Eugénia, tu as demandé quelle est leur banque, comme je te l'ai dit, elle fait la tête de quelqu'un qui vient de casser un vase, non maman, balbutie-t-elle, avec tous ces documents à signer et ces papiers à remplir, j'ai tout rempli pour toi, l'interromps-je, comme toujours, tu n'avais qu'à t'asseoir, à signer et à demander quelle est leur banque, maintenant, comment allons-nous savoir si le transfert prend un ou cinq jours, Eugénia, tu sais bien que les transferts entre banques prennent bien plus de temps que ceux à l'intérieur de la même banque, ne te l'ai-je pas expliqué, si, maman, ses yeux rampent à terre à la recherche d'un trou dans le carrelage où se terrer, maintenant, impossible de savoir quand nous recevrons ton premier salaire et s'il faut ouvrir un compte dans une autre banque, tu te rends compte des tracas que tu nous causes, Eugénia, moi je programme nos dépenses courantes en fonction de l'argent qui est déposé sur le compte, si je ne sais pas combien d'argent est déposé, je vais finir par commettre des erreurs de gestion parfaitement évitables, donc je te le demande encore une fois, tâche de savoir quelle est leur banque, quand tu iras à la trésorerie, ou même auprès de tes collègues, ils doivent le savoir, eux, j'en suis sûre, renseigne-toi, pour qu'on puisse calculer ton argent de poche, car tout dépendra du jour du mois où nous recevrons l'argent,

suis-je assez claire, Eugénia,

oui, maman, très claire, j'aimerais seulement savoir combien tu estimes que, juste pour avoir une idée,

chaque chose en son temps, l'interromps-je, chaque chose en son temps.

Pendant très longtemps je me suis demandé ce qu'il était devenu après nous avoir quittées, s'il avait trouvé dieu au fond d'une bouteille ou en tombant dans un ravin, ou s'il était mort au contraire d'une maladie prolongée, maigre à en devenir transparent, exhalant une odeur fétide de cadavre à chaque gémissement, se tordant sur son lit en implorant de la morphine, des mois d'une souffrance au large spectre, incapable de manger, de dormir, de fumer, de tousser sans que lui remonte dans la gorge des crachats sanguinolents, infirmière, infirmière, mais une fois j'ai entendu maman en parler avec Miguel, il est parti à Setúbal, Miguel, il a refait sa vie, il a ouvert un garage, il s'est converti à une secte brésilienne débile, je me suis fait dire qu'il avait arrêté de boire, qu'il a trouvé une pouffiasse et qu'il lui a fait deux gosses, ils se promènent main dans la main à Sesimbra le week-end, vous vous rendez compte, Miguel, vous arrivez à imaginer ce type main dans la main avec qui que ce soit, c'est comme s'il avait avalé l'âme d'un ange niais, ils ne savaient pas que j'étais déjà rentrée à la maison, ils ne savaient pas que je les écoutais par une fente dans la porte, ils ne savaient pas que j'allais me mettre dans un train un jour où je n'avais pas cours, prétextant un congrès, que j'allais parcourir tous les garages, les examinant de loin jusqu'à trouver le sien, le même portail vert avec un fronton en cordillère, les mêmes outils abandonnés au hasard sur l'établi et un tas de déchets où il se lave les mains avant de les offrir aux clients dégoûtés, ne manquent que les calendriers sexy, les *posters* des années quatre-vingts avec les pépées bronzées à moitié nues exhibant leurs coiffures en nid de cigogne sur des pylônes de haute tension, je le reconnais tout de suite, une version de lui plus âgée, plus fatiguée, mais apparemment plus tranquille, une version apaisée de ce démon mineur répandant du souffre partout, et tout d'un coup j'ai un coup de sang, je trouve une cabine téléphonique, j'appelle le garage, monsieur Aniceto,

oui, c'est moi-même, j'entends mon cœur battre dans mon oreille,

monsieur Aniceto, c'est votre femme, rentrez vite à la maison, c'est grave, monsieur Aniceto, et lui à l'autre bout du fil : qui est à l'appareil, que se passe-t-il, qu'y a-t-il avec ma femme, qui est à l'appareil, je raccroche, je me rue vers le garage, je me cache derrière une voiture

serait-il capable de me reconnaître, après tant d'années, enveloppée dans cette robe en forme de potiche, les cheveux en bataille par négligence et absence de souci de m'occuper de moi, mes lunettes en écailles plaquant un masque sur mon visage,
il sort précipitamment, heureusement il rentre à pied, comme je l'avais prévu, sa maison ne doit pas être très loin, je le suis à distance, il n'a même pas enlevé son tablier, le pauvre, le pauvre mon cul, je me reprends, c'est plutôt moi la pauvre, c'est plutôt maman la pauvre, qui a dû reprendre les rênes d'un cheval domestiqué par quelqu'un d'autre, et moi qui écrivais des poèmes sur du papier toilette que j'avalais ensuite pour que maman n'ait pas connaissance de mon vice, je me souviens que je pensais toujours à lui, continuellement, œuf idiot sur un mur entre l'amour et la haine,

> *ces gens qui lèvent leur* poitrine
> et *écrivent* pour *ne tuer personne*[15],

je finissais toujours en pleurs toute seule dans la salle de bains, mâchant du papier double épaisseur imprégné graphiquement d'encre, maman frappe à la porte, Eugénia, moi aussi j'ai besoin de la salle de bains, dépêche-toi, je sortais quelques minutes plus tard, la mine défaite cachée sous mes cheveux, mon dieu, Eugénia, il faut couper cette crinière, tu ne trouves pas, bien sûr, maman, la voix lestée de tremblements, parfois elle le remarquait en faisant semblant de ne rien voir, d'autres fois elle ne le remarquait même pas, et il finit par s'arrêter devant la porte d'un immeuble, il mélange les clés, il donne un coup de poing sur la porte, la voisine du premier se montre, une espèce de caméra de surveillance à la portugaise,

je peux vous aider, voisin,

oui, voisine, vous pouvez me rendre un service, je ne trouve pas la clé d'en bas, elle rentre, toute contente à la perspective de plus en plus ténue de venir en aide à quelqu'un, le verrou pousse un jappement électronique, la porte s'ouvre puis se referme, la lumière du troisième gauche s'allume, maintenant je sais où tu habites, salaud.

J'arrive à la maison tourbillonnante de bonheur après ma conversation avec Pedro, après lui avoir avoué que j'admirais sa poésie, ses yeux à mi-chemin entre la surprise et la tendresse, merci, dit-il tout bas, je ne sais jamais comment répondre aux compliments, et moi, crépitant à l'intérieur, je vous en prie, vous n'avez pas à me remercier, s'il te plaît, coupe-t-il, tutoie-moi, ah ! princesse différée, réveille-toi, lévite au-dessus de tes cheveux en bataille et de tes cernes qui descendent jusqu'aux genoux, laisse ton corps tanguer au rythme de la conversation, les mots sont des croches autour desquelles cabriole une ronde de nénuphars, offre-lui le meilleur de ta voix, des livres que tu as digérés, de ton splendide grec ionien, pose tes atouts un à un sur la table jusqu'à ce qu'il ouvre grand la bouche et que tu puisses plonger dedans, sauve-le de la médiocrité où tout compliment se confond avec le goudron poisseux d'un rot, éloigne-le de cette cour de flagorneurs, de cette engeance à la ceinture agile et à la morale exsangue, trébuchant les uns sur les autres dans la hâte de gravir l'escalier des vers d'autrui, magasiniers de cadavres, sauve-le, princesse, sauve-le

je ne parviens pas à me défaire de ce sourire, en dépit de mon retard pour aller remplacer l'infirmière, qui doit déjà être fatiguée d'attendre, elle qui déteste les retards, ce n'est pas comme Joana qui en profitait pour préparer des soupes biologiques pour toute la semaine, celle-ci, elle s'en va, celle-ci dès que c'est l'heure elle est partie, je rentre finalement dans la cuisine, je n'ai pas remarqué les gémissements, je laisse tomber mon sac à main et les *tupperwares* pleins de soupe, tout s'étale sur les dalles du carrelage, un des emballages se déchire et saigne un velouté de carottes, je crie, Miguel, le pantalon baissé, à l'intérieur de maman, elle est pliée sur la table, inexpressive, Miguel a la banane qui se défait en mèches retombant sur son front, Miguel enfonce ses ongles sur la nappe de la table, les prunes oscillent dans le compotier en compas de haute mer, sa culotte défraîchie danse autour de ses chevilles, Miguel halète comme un chien enfermé dans une voiture au pic de la chaleur, je crie,

dona Eugénia, répond-il, en sursaut, dona Eugénia, je peux tout expliquer.

Au début ça a été très dur de faire face à la maladie de maman, la perte de conscience progressive,

Eugénia, ça fait une éternité que je n'ai pas vu la chatte, à quoi je réponds, toute prévenante,

Maria a disparu l'année dernière, maman, mes yeux sont noyés d'appréhension, je la regarde en biais, la honte se matérialise par l'obliquité du torticolis,

la chatte, Eugénia, à peine quinze minutes plus tard, tu as vu la chatte, alors on apprend à vivre avec la répétition, d'abord la peur née du spectacle aux premières loges de la ruine de l'identité, la mort avant la mort, le moi dévalant le ravin, s'accrochant à toute équivoque qui puisse apparemment le définir,

la chatte, reprend-elle, je n'ai pas vu la chatte, puis quand sèchent les premières larmes, c'est l'indifférence qui s'installe, toutes deux assises sur le canapé et elle : la chatte, Eugénia, tu as vu la chatte, alors moi : elle est au ciel, elle est au coin de la rue, elle est coincée dans les transports, elle n'arrive jamais à sortir du bureau à l'heure, putain de chatte moi qui ne savais pas dire putain, ni même intérieurement

elle va arriver et, parfois, surgi de nulle part, un éclair, la lucidité revient dans le sémaphore des yeux : ne te moque pas, Eugénia, ne t'avise pas de te moquer de moi, alors nous changeons toutes les deux de fréquence : maman, les larmes retrouvent le chemin des joues, mes mains vont à la rencontre des siennes pour les sentir se rétracter aussitôt : Eugénia, modère tes élans, nous sommes toutes deux en âge de nous comporter comme les adultes que nous sommes, alors moi, rayonnant soudain de bonheur, je me réfugie à l'opposé du canapé, en pleurs, incapable de lui expliquer la joie découlant de cette rédemption inespérée : tu es à fleur de peau aujourd'hui, Eugénia, sommes-nous à ce moment du mois, moi je jouis de l'instant, je savoure les mots qui se succèdent en ordre comme jadis, un discours clair, articulé, cohérent, ruisseau limpide aux berges duquel s'accumule la mousse du sens, puis après une heure de conversation, la mairie, la mort de sa mère, de son père, la vie si souvent indigeste comme les pierres, une heure à peine : la chatte, Eugénia, je suis inquiète, ça fait longtemps que je n'ai pas vu Maria, nous déclinons à nouveau : ça fait des années, maman, les mêmes larmes changent de goût, son regard qui, il y a quelques minutes, était habité par une forme très acceptable de lucidité, s'éteint doucement, je peux à nouveau lui caresser le visage, elle sourit du sourire de quelqu'un d'autre, une espèce rudimentaire de réponse quand répondre est un problème, puis un jour on s'aperçoit qu'on ne pleure plus durant l'intervalle entre les rémissions, on reste à proximité, c'est tout, on s'occupe de ses propres affaires, des *mails*, des problèmes de la faculté, de l'organisation des textes qu'on est en train d'écrire,

désormais au grand jour, impunément
quand elle reparle de la chatte ou de l'argent, on ne répond même plus, hum hum, hum hum, je m'assieds sur le canapé et je change de chaîne, en le faisant, je me surprends à sourire, moi qui auparavant devait déposer une requête formelle aux plus hautes instances de l'état domestique pour réussir à voir un documentaire, au lieu de la séquence habituelle journal feuilleton, et je n'obtenais pas toujours satisfaction, ça dépendait du documentaire en question, du moment où en était l'histoire racontée dans le feuilleton, de l'humeur de maman, de la marée, de quelque chose qui échappait à mon pouvoir, alors qu'à présent il me suffit de m'asseoir et de changer de chaîne, je ne peux réprimer le sourire enraciné dans le petit pouvoir du cours des choses, un sourire aussi ténu que la cause qui l'alimente, mais un sourire tout de même, et la chatte, interrompt-elle, tu as vu la chatte, ma fille,

car Virgínia ne parvient pas à échapper au piège de plus en plus envoûtant de l'oubli
et quand on s'en aperçoit, on est déjà fatiguée de passer des nuits blanches à aller la chercher dans l'escalier : viens, mamounette, il n'y a rien ici, mais le pain,

Eugénia, nous n'avons pas de pain pour le petit-déjeuner, il est deux heures du matin, maman, rentre, deux voisins au sommeil léger : ça suffit maintenant, ça dure depuis des heures, alors moi, peu encline aux conflits de copropriété, oui, oui, excusez-nous, il faut s'entraider n'est-ce pas et autres inepties du même acabit que j'entends au marché et qui semblent avoir le don de provoquer l'empathie, nous revenons enfin dans le salon, je suis épuisée à force de l'avoir tirée, elle est fatiguée à force d'avoir prophétisé la catastrophe du pain, je me rends compte qu'elle essaie de nouveau de se lever, reste ici, reste ici, je crie, alors elle, inaccessible à la raison, mais attentive au ton et au volume de la voix, elle revient lentement au canapé, et nous y revoilà : la chatte, Eugénia, je ne vois pas la chatte, il est quatre heures du matin, elle se lève de nouveau du canapé puis elle titube, entre chien et loup, jusqu'à la porte, minou, minou, où vas-tu, maman, je l'interpelle, encore assise, me débattant avec mes bras et mes jambes en une déliquescence de tentacules, maman, rassieds-toi, reviens ici, mamounette, le calme narcotique du réveil cède à la préoccupation, puis à l'anxiété, reviens ici, maman, reviens ici tout de suite, je me lève à grand-peine, je me cogne le tibia sur la petite table basse, merde, dis-je, puis quand j'arrive près d'elle

fatigue plus qu'affection, impatience contenue à grand-peine,

viens avec moi, allez, on va essayer de dormir une heure au moins, mais elle, probablement branchée sur une fréquence d'humeur en tous points semblable à la mienne, lâche-moi, elle me repousse avec ses mains, lâche-moi, il faut que j'aille chercher la chatte, elle part vers l'escalier, si quelqu'un ouvre la porte, cette idiote est capable de s'enfuir, du calme, maman, j'essaie de la tranquilliser, je m'approche d'elle tout doucement, comme j'ai vu faire à la télévision avec les chiens qui aboient à tort et à travers, ça marche jusqu'à un certain point, mais jusqu'à un certain point seulement,

l'autre fois c'était pareil, reprend-elle, lâche-moi, la chatte s'est glissée dans l'escalier, je n'ai pas fait attention, elle va revenir, elle va revenir, mais quand je l'ai cherchée, plus de chatte nulle part, des vases, des cabas pour les courses décorant les pas-de-porte des vieilles, lâche-moi, si tu ne veux pas m'aider, lâche-moi, je ne veux pas le croire, Maria, j'essaie de m'en tenir à la possibilité que cet aveu soit uniquement un degré de plus dans le chaos installé, c'est encore le plus probable, que je me répète en moi-même, alors je me rends compte que je tire sur sa robe de chambre, en lui parlant de plus en plus fort, viens, maman, elle s'accroche à la poignée de la porte, viens, je prends conscience que j'ai renoncé aux ménagements et au respect, viens, pour l'amour du ciel, arrête de me faire une comédie monumentale à cette heure de la nuit, bouge-toi, je m'aperçois que ce n'est plus la robe de chambre que je tire, mais les cheveux, peu m'importe qu'elle se débatte en gémissant, aujourd'hui tu ne sors pas d'ici, aujourd'hui, je n'irai pas te chercher au deuxième sous le regard paternaliste des voisins : vous ne pouvez pas faire ça plutôt pendant la journée, lance l'une d'elles à l'abri d'une concavité occluse de l'escalier, aujourd'hui je ne m'assieds pas sur la dernière marche pendant une heure pour retenir ton front et tes sanglots, et je la traîne par la chevelure fragile, je la traîne jusqu'au canapé, m'efforçant d'esquiver ses assauts, sorti de nulle part, je prends un coup au visage, avant d'en prendre conscience je tombe sur elle en lui donnant une pluie de coups de poing, je frappe tout ce qui s'offre, les jambes, l'abdomen elle se plie en deux et je l'atteins de façon répétée à la tête, aux épaules, au visage,

il y a bien longtemps que, comme elle, ce n'est plus moi qui tiens les rênes du précipice

tu n'aurais pas pu me dire la vé-ri-té, une fois au moins dans-ta-vie, j'entrecoupe les syllabes de coups de poing, Maria ne s'est pas évaporée dans ce miracle imperméable que tu as su si facilement me faire acheter parce que je suis une sotte, une sotte cré-du-le-et-fai-ble, incapable d'élever la voix par méfiance,

elle se couche par terre, animal noyé dans le marécage de la violence,

je glisse sur elle jusqu'à ce que nous occupions le sol comme un nid, enlacées, pauvres créatures en tangente d'équivoques, elle tremble sous moi, elle tremble tout entière, quatre point six sur l'échelle de dieu me vienne en aide, et moi, je pleure, je pleure, je suis toute culpabilité, je l'embrasse, je lui fais des bisous, je lui demande pardon, je lui essuie le visage,

jamais nous n'avons été aussi proches, physiquement, ou alors je ne m'en souviens pas,
elle cesse peu à peu de trembler, elle se calme, progressivement, la chatte, demande-t-elle, vous avez vu ma chatte, mademoiselle.

Voilà à quoi on est réduit, je me souviens d'entendre ma grand-mère le dire sur son lit de mort, où elle a passé les deux dernières années de sa vie, à gémir ou bien à implorer un verre d'eau ou un biscuit, elle ne mangeait plus rien, pas même de la soupe, quand on entrait dans sa chambre, à pas de loup,

Grand-mère, je t'ai apporté un peu de bouillon toi qui aime tant ça
elle nous regardait dans les yeux comme si on essayait de l'insulter puis, se débarrassant des draps avec ses mains tremblantes, elle tâtonnait sur la table de chevet à la recherche d'un objet quelconque

un verre d'eau oublié, une soucoupe de café vide
dès qu'elle le trouvait elle nous l'envoyait à la figure pendant qu'elle déroulait le chapelet d'ordures le plus complet que j'aie entendu dans la bouche d'un adulte, parfois, nous parvenions à reculer et à disparaître par la porte,

c'est bon, grand-mère, je reviendrai plus tard,
lançait-on en sortant,
mais parfois, elle faisait mouche, ou passait suffisamment près pour nous effrayer et nous nous brûlions

l'avant-bras avec le bouillon toujours à une température sous-volcanique

il n'y a que les pauvres qui mangent la soupe froide, lui entendait-on dire souvent quand on lui servait la soupe à une température inférieure à celle de la fusion du plomb, longtemps la mort fut pour moi cette espèce d'accident de la route filmé au ralenti qui se déroulait sur un lit semi-double encombrant une pièce minuscule, sentant invariablement le renfermé et la pisse, ma grand-mère toussant et crachant toute la nuit, nous demandant des verres d'eau dont elle avalait à peine une petite gorgée qui l'étouffait et dont elle nous aspergeait tout le visage, on sortait de là en marche arrière, mourant d'envie de trouver la porte et de nous laver le visage avec du savon de Marseille, je me frottais les joues, le cou, même la langue, ne m'arrêtant que quand mon visage dans le miroir paraissait avoir été exposé aux heures les plus inclémentes du soleil d'été, pendant longtemps, adulte déjà, il m'arrivait souvent de me réveiller le matin avec une saveur de savon de Marseille dans la bouche, et ce n'était que quand le miroir de la salle de bains me rendait un visage pâle d'être humain en recomposition que je croyais m'être effectivement réveillée.

Quand mon père a commencé à mourir, je pensais que ce serait pareil : le déclin physique, une chambre insalubre désormais réservée à la main ruineuse de la mort, l'accident en *super slow motion* dont tout le monde connaît le dénouement, l'accident commencé il y a bien longtemps, si seulement nous étions capables de considérer les choses d'un point de vue intéressant et honnête, l'accident commencé à l'hôpital où l'on nous arrache d'une claque notre première respiration, notre premier cri, notre premier contact avec la peau d'autrui, l'accident qui commence là et qui se poursuit toute la vie, parfois il se hâte impitoyablement et le cœur ou la tête explosent à l'intérieur, avant même que le corps atteigne le sol, l'âme entame son parcours sans qu'on ait le temps d'allumer une chandelle pour éclairer sa route, parfois c'est une maladie qui travaille le corps avec une minutie de termite, une maladie qui se confond avec celui qui en souffre, un serpent qui croît jusqu'à se coincer la gueule ouverte dans la gorge que nous sommes, qui mange ce que nous mangeons, qui boit ce que nous buvons, qui respire l'air que nous inspirons et que nous séchons à l'intérieur, nous ratatinant comme oubliés au soleil jusqu'à ce qu'il ne reste rien de nous qu'une convulsion annonçant notre départ et, parfois, c'est épouvantable, c'est mon père, d'abord les conversations les plus absurdes, le langage de plus en plus aride, les absences,

papa, tu as compris ce que la dame a expliqué

mon père se défaisant, la maladie brisant peu à peu les maillons de synchronie qui relient son corps à son âme, mon père errant dans les faubourgs en s'inventant un but qu'il oublie à chaque pas, mon père alternant la générosité de son sourire avec la violence de

ses mots et de ses gestes, mon père complètement fourvoyé dans le choix de la réaction adéquate, finalement mon père couché sur un lit où quelqu'un le lave, quelqu'un lui change sa couche, quelqu'un lui prend la tension et la température, quelqu'un le retourne, lui n'est plus là, il n'est plus en vie, son corps seul dure encore, machine aveugle, vide de sens, son corps seul, usine à produire ce que personne n'achète, où l'on travaille sans aucun salaire, il dure, puis un jour le corps lui-même se lasse, les ouvriers renoncent, les plus impatients d'abord, puis tous les autres, alors les yeux, se fermant une dernière fois, déclarent l'accident clos.
Voilà à quoi on est réduit, me dis-je.

Elle était dans une cage de verre dans l'animalerie où je suis allée chercher de la nourriture pour chatons : stérilisée, six mois, très câline, à la recherche d'un foyer et d'un maître responsable, quand je suis sortie, la cage était vide.

Je sais que je la reconnais parfois
Joana, pouvez-vous venir ici me donner un coup de main pour les mots croisés
et que parfois, même si je ne me souviens pas de son nom, je comprends qu'elle fait partie de cette maison, comme le tapis du salon taché de café ou l'abat-jour jauni que j'ai apporté de chez mes parents après leur mort, et ces derniers temps je suis toujours surprise de la voir

Joana vous êtes enceinte
elle répond que oui et je la félicite, c'est bien, c'est le premier, je lui demande, elle confirme d'un signe de tête et je lui demande si elle connaît le sexe du bébé, quel nom elle va lui donner

Henrique, s'empresse-t-elle de répondre, toute fière
la naissance est prévue pour quand, alors on bavarde une petite demi-heure, tout occupées à parler d'une des rares choses qui méritent vraiment qu'on en parle, et ce bonheur dure jusqu'à ce qu'elle me tourne le dos pour retourner à ses occupations, au linge, à la cuisine,

dona Virgínia, vous me demandez tous les jours la même chose, si je suis enceinte, puis elle sort du salon et soudain je me souviens de toutes les fois où je lui ai demandé si elle était enceinte, de ma surprise chaque fois que je remarquais son ventre, curieuse de voir sous son tablier, de toutes les fois où elle m'a répondu avec la même fierté

Henrique
je ne comprends vraiment pas pourquoi ma mémoire arrive toujours après la bataille, toujours en retard, comme si la conversation et le souvenir ne pouvaient pas se supporter, s'ils ne pouvaient pas se trouver en même temps dans le même lieu, c'est heureux qu'elle soit déjà en train de faire autre chose, en train de cuisiner, de repasser, de changer le sable pour la chatte, car comme ça elle ne me voit pas souffrir de ce mal de

pauvres, cette agonie d'avoir tout encore à l'intérieur de soi mais pas la façon convenable d'y parvenir.

C'est très pénible, docteur, on a rencontré bien des difficultés, pendant quelque temps on a eu une personne qui s'occupait d'elle que nous aimions beaucoup, Joana, mais Joana était enceinte et nous savions que nous étions en sursis, que ce serait pour peu de temps, mais ça a été encore moins que ce que nous avions prévu, car Joana a perdu les eaux prématurément et elle a fait une fausse couche, la pauvre, elle qui ne parlait que de son désir d'être mère et de ce que cet enfant signifiait pour elle, je n'ai jamais connu quelqu'un comme ça

et comment avez-vous résolu le problème, dona Eugénia

et bien je suis restée deux semaines seule avec elle, mais j'ai des cours, comme vous savez, je veux dire, je n'aurais pas pu, même si j'avais voulu, je n'aurais pas pu, alors j'ai engagé des gens qui m'ont paru compétents et honnêtes, ils m'ont assuré que maman ne serait jamais laissée seule, parce que cela ne dépendrait plus d'une seule personne, mais d'une équipe, d'un service d'assistance personnalisée

d'ailleurs je crois bien que c'est précisément ça qu'ils mettent sur leur carte, service d'assistance personnalisée,

si d'un côté on perd un peu en intimité par rapport à l'engagement d'une seule et même personne, de l'autre je suis rassurée en sachant qu'il n'y aura pas d'imprévus m'obligeant à manquer les cours, même si j'aimais beaucoup la personne

dona Eugénia, m'interrompt-il, quelle est la véritable raison de votre visite

la véritable raison de ma visite, me dis-je, la véritable raison de ma visite ce n'est certainement pas cette histoire de vieille en régime de salle d'attente, la raison de ma visite c'est l'absence de réponses, ou plutôt, l'absence de sens, les nuits blanches bercées par cet aïe aïe aïe qui parcourt toute la maison comme une bête abandonnée, nous passons toutes deux une nuit blanche et le matin, je vais à mes affaires avec des cernes jusqu'aux genoux, pendant que l'infirmière arrive pour passer une bonne partie de son temps à surveiller son sommeil, la raison de ma visite, docteur, c'est la sensation atroce de la voir sombrer chaque fois plus au fond de ce puits d'où elle remontre de moins en moins souvent, elle n'en remonte que pour parler d'un passé archéologique, d'un passé encore plus lointain que le fond du puits, elle appelle ma grand-mère, elle me confond avec ma grand-mère, elle dit qu'elle attend les jouets en bois au pied de l'arbre de Noël, elle parle même de mon père, mon père qui a toujours brillé par son absence, elle veut repasser ses chemises, j'ai déjà caché tout ce qui est dangereux en haut d'une armoire où on ne peut accéder sans l'escabeau que j'ai caché dans l'escalier, et quand je rentre à la maison après une longue journée de cours où tout se passe si mal que j'envisage de sacrifier une poule noire à un carrefour lors d'une nuit de pleine lune, elle est là, dans la cuisine, en train de compter ses pièces de monnaie comme les gamins qui font et défont leurs lego, ce tintement de sonnaille se prolonge toute la soirée jusqu'à l'heure d'aller dormir, mais elle ne dort pas, elle dort rarement, elle a désappris à dormir la nuit, elle marche dans l'appartement en allumant et en éteignant des lumières comme un phare indécis, et lorsque je sens qu'elle va aux toilettes, je me précipite, chancelante, semant des orteils à tous les coins de meuble, parce que soit elle fait et ne se nettoie pas, soit elle fait à côté, nous sommes dans une phase où nous n'avons jamais tant usé de serviettes et de couches, ni de protèges-matelas qu'on colle avec une bande adhésive au matelas du lit articulé, je ne sais même pas combien ça a coûté, j'ai signé un chèque qu'un monsieur a rempli tout content pendant qu'il me parlait de faible consommation et de garantie à vie, je suis dans une phase de ma vie où les choses me sourient, où certaines choses me sourient, je me suis même trouvé un amoureux, je veux dire, je crois que je m'en suis trouvé un, enfin, nous sommes en train de, mais avec ça il n'y a rien qui tienne, cette maladie corrompt tout, c'est un fleuve acide qui creuse un abîme partout où il passe, et il n'y a pas de berge où se réfugier en sûreté, il n'y a pas de salut, nous sommes ce bâtiment promis à l'absence et à la ruine, ce danger indécelable pour qui nous habite seulement de l'extérieur, dona Eugénia, entends-je, dona Eugénia, écho ténu grimpant les marches de la conscience, je vois le médecin impatient qui me regarde, claquant des doigts juste devant mon nez, dona Eugénia, je reviens doucement à moi comme les enfants qui se font vacciner,

c'est le sommeil, docteur, c'est la fatigue, excusez-moi,

mais en fait ce n'est pas seulement le sommeil, ce n'est jamais seulement le sommeil, en fait ce que je veux lui dire c'est *docteur, j'ai une guerre formidable dans la tête*[16],

ce n'est pas grave, dona Eugénia, mais j'ai vraiment besoin de savoir ce que je peux faire pour vous, comme vous pouvez vous l'imaginer, j'ai plein d'autres personnes à voir aujourd'hui et si je me mets en retard pour une consultation

ce n'est rien, docteur, l'interromps-je, nous nous voyons dans trois mois, sauf erreur.

C'étaient les factures d'électricité, d'eau, de téléphone, pour l'Internet, les impôts à l'acronyme incompréhensible, des lettres d'assureurs, des prospectus de supermarché et de la mairie, je tenais cette paperasse dans ma main sans savoir quoi en faire, moi qui avais appris tout récemment à transformer le plastique de ma carte bleue en liasse de billets pour les courses de la semaine, je pensais que c'était ça le rez-de-chaussée de la vie, je n'avais jamais remarqué que dans les tranchées de la routine il y avait une telle guerre, pour moi les choses apparaissaient : la lumière par l'interrupteur, l'eau par le robinet, mes médicaments par l'ordonnance, l'envers du décor m'était totalement inconnu, j'imaginais une armée de gnomes bureaucrates faisant marcher les rouages du quotidien, mais j'arrive à la maison et l'infirmière,

le délai est passé, mademoiselle, c'est un avis de coupure

de coupure ?

oui, répondait-elle, patiente mais méfiante devant cette ingénuité attardée, celle-ci, poursuivait-elle, vient des impôts, vous ne voulez pas avoir des problèmes avec les impôts, n'est-ce pas, ça vous complique l'existence à jamais, une pénalité de dix euros, ils vous la transforment tout de suite en une pénalité de trois cents euros, puis ils multiplient,

comment ça trois cents, trois cents euros, une amende

oui, mademoiselle, si vous payez hors délai, il y a des pénalités à pleurer

alors moi, qui ai en effet envie de pleurer devant cette montagne incompréhensible et infranchissable mais de plus en plus *subtile en transcendant la nature et la genèse de la souffrance*[17],

mon mari, poursuivait-elle, a passé un péage automatique il y a cinq ans, avec notre ancienne voiture, et comme nous avons déménagé la facture n'a pas été envoyée à la bonne adresse, et quand il a finalement reçu l'amende, il y avait trois euros de péage et à chaque fois soixante euros de pénalité, vous vous rendez compte, toute notre prime de vacances y est passée et nous avons dû renoncer à notre semaine à Almograve, nous qui aimons tant y aller, c'est la seule période de l'année

mais qu'est-ce que je peux faire, je ne comprends rien à tout ça, c'est maman qui s'occupait de ces affaires, et à présent, il n'en est évidemment plus question

il faut trouver quelqu'un, une personne en qui vous ayez confiance

en qui j'aie confiance

oui, un comptable, un avocat, quelqu'un que vous payez pour s'occuper de vos affaires avec une procuration

procuration

oui, un document par lequel vous déléguerez votre pouvoir pour certaines décisions

mais comment fait-on cela

chez un avocat

vous connaissez un bon avocat

il se trouve que nous avons eu un problème il y a quelques années à propos d'une succession, ma famille vient de l'Algarve, vous savez, et là-bas il y a un lopin de terre différent tous les quinze mètres, un imbroglio, surtout pour moi qui n'y suis pas née, alors nous avons trouvé un type assez bon marché

mais est-il bon ?

oui, il a tout arrangé, bien que

vous avez ses coordonnées ?

bien sûr, mademoiselle, bien sûr

Et tu ne penses pas publier, Eugénia

comment lui expliquer l'inexplicable, comment lui faire comprendre que la poésie, qui est pour lui aussi naturelle que la respiration, est pour moi une maladie, ou le symptôme d'une maladie plus vaste, une boule de poils qui croît jusqu'à ce qu'il soit impossible de l'ignorer, mot après mot, vers après vers, que je retiens comme je peux, que je ravale dans la queue au supermarché, ou lors d'une réunion à la fac, ou chez moi

mon dieu, chez toi

puis je finis par tout recracher dans quelque caniveau perdu, loin de tous, pour ne pas être vue, pour ne contaminer personne, parfois quelques vers me restent en travers de la gorge pendant plusieurs jours, des images dansantes, des animaux imaginaires venus d'une époque antérieure ou postérieure à cet intervalle magnifique qu'est l'homme, mais dès que je crois en être finalement purgée, la chose revient avec un entêtement de brouillard, il suffit d'un panneau routier, d'un pigeon écrasé par terre, de deux mots criés très fort, d'un cœur chaviré,

ça n'aurait aucun sens pour moi, je suis plutôt lectrice, et encore, en cachette

je rigole, parce que pour lui ça ne doit avoir aucun sens

en cachette

oui, à la maison on lit très peu, ma mère n'aime pas ça, elle n'a jamais aimé me voir lire de la poésie, je me souviens qu'à l'école primaire la maîtresse s'était plainte de mes distractions en classe, parce que je gribouillais quelques vers dans un cahier pendant que je m'ennuyais à mourir, pour moi il n'y avait rien de nouveau dans tout ça, tu sais, dès que ma mère est arrivée à la maison, très fâchée, elle a rassemblé les quelques livres de poésie que nous avions

les Florbela Espanca, les Fernando Pessoa

puis elle a tout donné à la voisine du dessus, qui était tellement pingre qu'elle les a acceptés sans sourciller alors qu'elle avait exactement les mêmes chez elle, et c'est comme ça que la poésie est sortie de la maison

ta mère est très sévère, Eugénia, tout ça parce que tu t'étais laissé distraire en classe, mais tu étais une gamine, si ça n'avait pas été la poésie, ç'aurait été n'importe quoi d'autre

certes, mais pour maman, c'était la poésie qui était grave

mais pourquoi

et bien, d'abord parce qu'elle est très pragmatique et qu'elle trouve que ces histoires de philosophie et de poésie ne sont que des divertissements de dilettantes, et aussi parce qu'il y a en effet un risque de contagion, sur ce point, j'avoue que je suis plutôt d'accord avec elle, pour être franche

contagion

oui, je veux dire un risque de répandre ça,

comme une maladie,

oui, Pedro, comme une maladie

On peut parler d'un sujet toute une vie, comme moi, faire cours sur un sujet toute une vie, comme moi, et pourtant être surpris quand la vie déformalise ce que la théorie a pris soin de préserver dans le formol académique, moi qui ai passé des années à pontifier sur les difficultés inhérentes à la reconnaissance, dans l'identité de chacun, de ce qui fait ce qu'on peut appeler le noyau fondamental, au milieu de tout l'accessoire, à souligner toujours l'incroyable plasticité qui semble être la marque la plus significative de l'humain, cette capacité désarmante chez chacun de nous de changer d'habitudes sans que cela parvienne à effleurer notre curieuse cohérence interne, dont le fonctionnement paraît très peu dépendant de nos décisions, or non seulement nous ignorons comment ce mortier constitutif qu'on appelle « moi » fonctionne, mais nous n'avons pas la moindre idée de ce qui pourrait le court-circuiter, la plupart du temps, nous le maintenons dans un état de marche acceptable, même en traversant les grandes morts de la vie, pour soudain, de façon totalement inespérée, sombrer devant une contrariété sans la moindre envergure.

Avec maman, tout a été très graduel, au début tout marchait au compas de mon infinie patience, je répétais inlassablement, jusqu'à ce que les mots soient entièrement dépouillés de leur squelette de sens, ma mère posait les mêmes questions toutes les deux minutes, la chatte, la fac, un néflier qui poussait dans le jardin de notre ancienne maison auquel elle n'avait jamais fait attention

alors moi je disais oui, non, la chatte ceci, la fac cela, patiente comme les pliures du temps, et chaque fois que je perdais mon calme une minute pour répondre de travers, je finissais inévitablement par pleurer, d'abord en cachette dans la salle de bains, accomplissant ce deuil en tranches devant le miroir, puis ouvertement, devant elle, et s'il lui arrivait parfois de remarquer ma tristesse nue, la plupart du temps j'étais comme un meuble ancien qu'on ne remarque plus, la marque sur l'avant-scène pour l'acteur amnésique,

la chatte, la fac, le néflier, Eugénia

puis un jour je m'aperçois que je ne pleure plus après une réponse de travers, la patience remplace la raideur, je me surprends à inventer des réponses différentes aux mêmes questions,

tu ne te souviens pas, maman, que nous avons vendu la chatte à un couple d'éleveurs qui nous harcelaient, pour payer les travaux de la toiture de l'immeuble

grand-père vient demain, pour grand-mère, je ne sais pas, ils se sont séparés et ils ne se parlent plus

nous passons des dîners entiers à ça, à faire semblant d'avoir des conversations qui ressemblent à quelque chose, à feindre qu'il y a du sens là où il n'y a plus que de la lucidité, à intervalles de plus en plus distants.

J'ai découvert qu'il y a deux manières de se réveiller : l'une, que tout le monde connaît depuis toujours, consiste à ouvrir les yeux après avoir dormi, l'autre, qui n'apparaît qu'avec la maladie, consiste à avoir les yeux grands ouverts fixés sur le néant d'un horizon indistinct, sur le moi fermé à lui-même, absent de toute fonction réflexive, puis quand les yeux reprennent leur activité propre, on se découvre doublement confus, car on ne se rappelle pas s'être endormi et on ne reconnaît plus, ni où, ni avec qui on est, c'est comme si on était passé de la salle d'opération à la récupération postopératoire, c'est un brouillard qui se dissipe lentement devant la conscience qui mitraille des hypothèses de réconfort,

je suis à la maison, c'est mon père qui pose sa main sur mon front, je crois que c'est un supermarché, pourquoi tous ces gens me regardent-ils comme ça,
parfois les choses reprennent sens, on est tout simplement sur le canapé du salon exposé aux vomissements de la télévision, d'autres fois c'est plutôt comme ça, une salle toute blanche remplie de lits en fer et d'appareils hospitaliers, de sacs de sérums suspendus à des trépieds métalliques, et sur ma main une main d'homme, la main de Miguel, tout ratatiné sur lui-même, comme quelqu'un qui accompagne un moribond, mais c'est peut-être ça

Miguel,

alors, comme moi, il refait surface, les yeux saturés de larmes,

Miguel, je suis en train de mourir, c'est ça
il semble incapable de répondre, il sanglote puis balbutie quelque chose que ses pleurs dévêtent de toute intelligibilité, alors moi, Miguel, que se passe-t-il, il ne parvient pas à dire un mot compréhensible, il me serre la main plus fort, je regarde autour, chaque lit de l'infirmerie

ça doit être une infirmerie
reçoit sa procession de visiteurs, on blague, on s'envoie des souvenirs et des recommandations, on empile les boîtes de jus de fruits et de biscuits sur les tables de chevet sous le regard complaisant des infirmières, bien que je trouve un intérêt sociologique à tout cela, j'ai du travail, j'ai une pile de dossiers à traiter, mais dès que j'essaie de me lever je ressens une douleur lancinante au bras droit qui m'oblige à me rallonger sur le lit, je comprends, grâce aux attelles qui l'enserrent, que mon bras est fracturé, ou tordu, ou quelque chose comme ça, mais qu'il ne va pas bien, que je ne vais pas bien, que je ne suis pas à l'infirmerie et sur ce lit par une coïncidence malencontreuse, même si je ne me souviens pas comment c'est arrivé,

c'est peut-être lors d'une inspection du marché, ou des espaces verts, une porte qui s'est fermée soudainement, une mauvaise chute
j'appelle l'infirmière, qui s'approche lentement, toute en contrariété, je lui demande comment, pourquoi et quand je pourrai sortir, elle me dit de me tenir

tranquille, d'être bien sage, mais moi j'ai des choses à faire, des gens à voir, des problèmes à résoudre, elle est un roc immobile devant tout ça et elle me tourne le dos s'excusant avec des appels d'autres personnes, certainement moins pressants que ceux des personnes qui comptent sur moi, me dis-je, alors Miguel, desserrant l'étau

Virgínia, ma chérie, mon amour, que nous arrive-t-il

je n'en crois pas mes oreilles, Miguel qui m'a toujours traitée avec une déférence majestueuse en dépit de mes demandes répétées d'arrêter,

s'il vous plaît, Miguel, cessez de m'appeler Madame, ou Madame la Maire comme les loqueteux, appelez-moi Virgínia, et lui, à peine trente secondes plus tard, mais Madame Virgínia, pour ma plus grande exaspération

voilà que tout d'un coup il me dit mon amour, passant d'un extrême à l'autre sans la moindre gradation, je dois être en train de mourir, c'est forcément que je suis en train de mourir,

Miguel, veuillez m'expliquer ce qui est en train de se passer, il fait mine d'essayer, le pauvre, mais c'est de nouveau ma chérie, mon amour, un flot nourri de larmes, je perds pied, les yeux fixés dans cet horizon indistinct où les taches sur le mur dessinent des figures que je me souviens d'avoir vues dans le ciel nuageux quand j'étais gamine, une girafe, un lion, un bateau, puis rien, tout d'un coup, rien.

D'abord ils sont venus chercher la plupart des meubles, un buffet blanc laqué sur lequel je jetais mes clés en rentrant à la maison malgré les cris de maman,

tu te rends compte du prix que ça a coûté, Eugénia, c'est un meuble italien, ce n'est pas de la camelote Ikea qui se défait quand on le nettoie

deux vases chinois achetés à la *feira da ladra* à un type dont le restaurant avait fait faillite et dont maman n'a eu aucune pitié en négociant, en dépit de ses pleurnicheries, un tapis persan qu'elle avait rapporté d'un voyage en Tunisie où tout s'était mal passé : une insolation, trois jours de gastro-entérite, le même porte-monnaie volé deux fois de suite, une chaîne hi-fi qui n'a jamais eu d'autre fonction que celle de recueillir les nombreuses factures qui arrivaient en procession ininterrompue, et le gars, fait sur le même moule que tous ceux qui jadis nous avaient tout pris en échange de presque rien,

c'est à prendre ou à laisser, madame, les temps ont changé, aujourd'hui les gens jettent tout aux ordures ou alors ils font appel à ces associations de drogués qui s'amusent à faire des objets en récup qu'ils vendent ensuite à la *feira da ladra*

le même geste instinctif de chercher avec ses doigts pleins de tabac dans la poche de sa chemise, la même liasse de billets où il prend quelques biffetons anémiques

c'est un bon prix, madame, je vous fais une fleur

et les choses s'évaporent progressivement, du mur, du parquet, où elles laissent quelques cicatrices pâles faisant office de vase, de canapé, du meuble mexicain acheté dans les années quatre-vingt-dix, troué comme un fromage suisse, les murs perforés par les contours de l'absence, ici il y avait la sérigraphie de Pomar, ici un tableau offert par la lauréate du premier et seul concours d'arts plastiques de la mairie, où gisaient en un flou impressionniste, un chat persan et un bouquet d'orchidées, la maison est de plus en plus vide, de plus en plus vaste, de plus en plus apte à propager l'écho des pas et la solitude des pleurs,

à bientôt, madame, bonne continuation

ce ramassis de nécrophages dévale l'escalier avec nos affaires sur le dos, riant et chantant comme si leur business n'était pas le malheur des autres, vautours qui s'endorment dès qu'ils posent leur tête sur l'oreiller, du sommeil du juste, étrangers à toute culpabilité et imperméables au dégoût.

Je ne sais pas vraiment quel ton adopter pour cette conversation, Eugénia, ne serait-ce que parce que je ne m'attendais pas, moi du moins, à en arriver là avec vous, je n'imaginais pas que vous pourriez adopter un jour cette attitude désinvolte, je dirais même, en somme, irresponsable, moi qui vous ai toujours considérée comme une universitaire disciplinée et une enseignante ayant une bonne préparation et une exigence bien au-dessus de la moyenne, raison pour laquelle, d'ailleurs, je vous ai recommandée pour me remplacer dans la chaire d'Ontologie, chaire qu'il a malheureusement fallu confier l'an passé à quelqu'un qui l'a très mal servie dans le passé, parce que vous avez été contrainte, pour des raisons entièrement étrangères à votre volonté, comme nous avons pu le vérifier, de rester chez vous pour pouvoir accompagner convenablement votre mère

à propos, n'allez pas en conclure qu'il y ait le moindre manque de sensibilité de ma part par rapport à la situation de votre famille ou au drame qui vous frappe, mais la nécessité d'avoir cette conversation et de trouver une solution au problème sous-jacent, transcende nos affaires privées et particulières, parce qu'elle sert l'intérêt des élèves, et les élèves sont le seul motif qui charpente notre carrière d'enseignants universitaires, je suis certain que vous serez d'accord avec moi

et à propos, comment va votre maman, Eugénia

j'ai travaillé pour être un jour de ce côté de la table, sur un pied d'égalité, j'ai étudié sans relâche pour avoir ma licence, puis ma maîtrise, pour les séminaires de latin, de grec, d'allemand et de danois, durant la semaine précédant ma soutenance de thèse, je n'ai pas fermé l'œil, je n'ai rien mangé, je n'ai pas vécu, sauf une anxiété continue, réfractaire à tous les antibiotiques pour les nerfs, tout ça parce que ma grande peur n'a jamais été d'échouer ou de me sentir rabaissée, mais de tacher d'une manière quelconque la réputation de mon maître, de mon directeur de thèse, de celui qui en ce moment même a aboli tout ce que nous avions accompli ensemble pour écourter la distance qui nous séparait, et je suis redevenue l'étudiante honteuse de première année, les mains moites sur les genoux, attendant la réprimande pour la faute de déclinaison dans un verbe irrégulier, tremblante de peur chaque fois que le maître fronce le sourcil en lisant une citation, suant la honte d'avoir à exposer les aspects essentiels d'un système que je connais comme le pourtour de mon nombril,

à la maison tout va bien, heureusement, rien n'a changé, tout va bien

il me regarde par-dessus ses lunettes rectangulaires, inspirant la souffrance

qu'allons-nous faire de vous, Eugénia ?

Je les ai vus dans la rue, les pauvres petits, j'ai pensé que maman aimerait peut-être autant que moi les avoir à la maison, j'ai pensé que ça pourrait lui faire du bien, après tout, les animaux parlent une langue bien plus cardiaque, beaucoup plus proche de l'universalité que les mots qui sont, dans le meilleur des cas, un simple assemblage d'équivoques plus ou moins fonctionnel, je les ai amenés avec moi, dans un carton que j'ai demandé au supermarché, quatre petits bouts de chat se déchirant en miaulements affamés, je les ai lâchés dans la cuisine et ils ont foncé tout droit sur la soucoupe de lait, lampant tout jusqu'à ce que le sommeil se substitue à la faim, et la petite noire, tonneau miniature chancelant, est venue se blottir dans mes bras.

Madame, il y a un problème sur ce compte, me dit le jeune homme du guichet, sans quitter son écran des yeux,

un problème ?

et bien, outre que le solde est anormalement bas, poursuit-il, je vois ici une retenue de salaire, je crois que cela correspond, un instant, je crois que cela correspond à une saisie en lien avec des dépenses effectuées à crédit et imputées sur un découvert

je ne comprends rien à ce mandarin bancaire, dépenses, crédits, saisie, je lui demande de tout me réexpliquer depuis le début comme si j'avais six ans, parce que nous n'avons jamais rien acheté à crédit, je souligne, du moins je ne me souviens pas que nous l'ayons jamais fait,

madame, vous avez fait un prélèvement en agence, ici, vous voyez, tournant son écran vers moi, et ici, deux semaines plus tard, un transfert assez important, puis vous avez liquidé les obligations que vous déteniez, et fait quelques achats à crédit alors que vous n'aviez plus suffisamment de liquidités pour honorer le paiement, le créancier à fait appel à un huissier pour un commandement de payer et il en est résulté une saisie sur vos rémunérations mais il faut que je retire cet argent, j'ai besoin de faire des achats pour la maison, j'ai une dette au restaurant où je déjeune habituellement

madame, si vous n'avez pas de solde, vous ne pouvez pas retirer de l'argent, pas même à crédit.

RÉFÉRENCES DES POÈMES CITÉS

1. Nuno Moura, *Canto Nono,* Douda Correria.
2. Vasco Gato, *Fera Oculta,* Douda Correria.
3. Paulo José Miranda, *Exercícios de Humano,* Abysmo.
4. Raquel Nobre Guerra, *Groto Sato,* Mariposa Azual.
5. Raquel Nobre Guerra, *Groto Sato,* Mariposa Azual.
6. Cláudia R. Sampaio, *Ver no Escuro,* Tinta-da-China.
7. Cláudia R. Sampaio, *1025 Mg,* Douda Correria.
8. António José Forte, *Uma Faca nos Dentes,* Antígona.
9. Miguel Cardoso, *Mais de Mil Anos,* Douda Correria.
10. Ana Duarte, Revue *Criatura* n. 6.
11. Helder Macedo, *Poemas Novos e Velhos,* Editorial Presença.
12. Vasco Gato, *Imo,* Quasi.
13. Miguel Cardoso, *Fruta Feia,* Douda Correria.
14. António José Forte, *Uma Faca nos Dentes,* Antígona.
15. Raquel Nobre Guerra, *Groto Sato,* Mariposa Azual.
16. António Amaral Tavares, *Movimento de Terras,* Língua Morta.
17. António Poppe, *Come Coral,* Douda Correria.

Ouvrage soutenu par la DGLAB / Cultura et par Camões, IP - Portugal

& publié dans le cadre du programme Chandeigne PLEIM

Cofinancé par le
programme Europe créative
de l'Union européenne

DU MÊME AUTEUR

VALÉRIO ROMÃO

Autisme
traduit par Elisabeth Monteiro Rodrigues

De la famille
traduit par Elisabeth Monteiro Rodrigues

Les eaux de Joana
traduit par João Viegas

OUVRAGE CONÇU & COMPOSÉ PAR ANNE LIMA
EN ZAPF RENAISSANCE ANTIQUA
IMPRESSION ACHEVÉE SUR LES PRESSES
DE L'IMPRIMERIE EIGAL
EN DÉCEMBRE 2022

DA INFELICIDADE DA COMPOSIÇÃO, ERROS DA ESCRITURA, E OUTRAS IMPERFEIÇÕES DA ESTAMPA, NÃO HÁ QUE DIZER-VOS : VÓS OS VÊDES, VÓS OS CASTIGAIS.

DOM FRANCISCO MANUEL DE MELO.